水浒传的组织谋略

王北固 著

中華書局

图书在版编目(CIP)数据

水浒传的组织谋略/王北固著.—北京:中华书局,2013.10
ISBN 978-7-101-09150-2

Ⅰ.水… Ⅱ.王… Ⅲ.《水浒传》研究
Ⅳ.I207.412

中国版本图书馆CIP数据核字(2013)第003291号

书　　名	水浒传的组织谋略
著　　者	王北固
责任编辑	陈　虎　傅　可
特约编辑	汪　宇　盛　亮
出版发行	中华书局
	(北京市丰台区太平桥西里38号　100073)
	http://www.zhbc.com.cn
	E-mail:zhbc@zhbc.com.cn
印　　刷	北京瑞古冠中印刷厂
版　　次	2013年10月北京第1版
	2013年10月北京第1次印刷
规　　格	开本/880×1230毫米　1/32
	印张6½　插页4　字数120千字
印　　数	1-8000册
国际书号	ISBN 978-7-101-09150-2
定　　价	25.00元

天魁星呼保义宋江

天雄星豹子头林冲

地慧星一丈青扈三娘

天满星美髯公朱仝

序

十多年前，读台湾《史学月刊》，始知王先生大名。该刊颇有影响，编委均学术名家，一时之选，王先生荣列其中。王先生不弃我之愚妄，订为忘年交，使我有幸聆教，受益更多。当年一句“科索沃之战，实际是美元打欧元”，令军机人士大为惊讶，相约切磋，我是中间人。

王先生博通文史，学兼中西；敏于时政，勤于撰述；尤其读书得间，于寻常处别有洞见。故识见精卓，议论即出，方家称是。

上世纪九十年代初，王先生应台湾远流出版社约请，撰成《〈水浒传〉的组织谋略》。是书一改金圣叹评点《水浒传》以来的分析路径，突破文艺美学的藩篱，从政治大局着眼，由权术谋略入手，对水泊梁山各方政治势力的形成与发展，最终归于宋江之大纛，作了深刻精微的分析。与同类著作相比，王先生对各山头的力量对比与归聚忠义堂后的权力分配之间的关联，讲得更加清楚、细致。在晁盖宋江争权过程中，对机会主义的吴用的剖析，更是本书的一大特色。

王先生长期在媒体主国际评论，纵横捭阖的政治分析是其胜擅当行，辅之史识才具，故是著别开生面，胜义迭出，言人所未言，拓展了研究视域，足与《水浒》研究名家名著比肩。

《〈水浒传〉的组织谋略》在两岸出版后，其视角与创见为学界所重，论者颇受启发。甚有著者乘断版之隙，蹈袭掠美，不具出处。今中华书局重版发行，实为幸事。

媒体人节奏快，压力大，写作要求和习惯与学院研究不尽相同。王先生能百忙取暇，撰述专题长篇，殊为不易，难免有失打磨；且两岸睽违即久，行文用语多有不同，作者的文字也自成风格，书中少数语句与大陆阅读习惯相扞格。例如书名之“组织谋略”，实为大陆之“政治谋略”；还有作者自铸的词语，但大都不碍理解。作者引文较为灵活，我取《第五才子书施耐庵水浒传》（即贯华堂金批七十回《水浒传》，中华书局1975年12月影印版）和《水浒传会评本》（陈曦钟等辑校，北京大学出版社1987年9月版）覆核一过。本版配有少量插图。线描绣像取自清初京口孙石绘本，原系西谛先生家藏；彩图为清人张琳重笔工彩，藏南京图书馆。均是稀见佳品。

三十八年前，神州人人读水浒，几人会意。有几人知道，午夜梦回，晁盖对命运的惊惧！王伦满身血污如在眼前。咄咄逼人的宋江，弃弱从强的吴用，更不晓得情深似海的众弟兄，谁是下一个手刃王伦的林冲。位居极峰，却无时不在恐惧之中。即便懂得，谁人敢言！所谓说破英雄惊煞人是也。

读不厌的《水浒传》，说不完的梁山好汉。以稗类史，作者未必然，读者未必不然。忽一日，惊回首，恍然大悟，鬓已衰。

汪　宇

二〇一三年七月二十日

目　录

第五章　好汉们落草上梁山的途径、模式

第六章　社会解体与革命演进的互动关系
——梁山泊集团成长的客观分析

第七章　各山头与好汉们汇集上梁山的关系脉络

第八章　梁山泊集团的派系与结构脉络

第九章　宋江转变梁山泊结构的几次改编过程

前言 五百年孕育出一部奇书的背后

《水浒传》的大功臣（也有视为罪人）金圣叹把这本梁山泊英雄故事章回小说,与《史记》、《离骚》、《庄子》、“杜甫诗”、《西厢记》并列为中国历史上的“六大才子书”。

这个说法从来没有人怀疑过，但似乎从来也没有人推敲过金才子如此并列的用意与意义何在？而一般人大多被“才子书”这个美称所迷眩，认为六本书都是极有才气的文学著作,并可以代表中国文学的民族特色，而不再深究其他。

深入地探索可以发现，除了金圣叹“夫子自道”，以皆为“孤愤”之作而选出这六才子书之外，至少还有两方面的重大意义：一是文学形式，一是历史精神。“孤愤”（孤独寂寞的愤世心理）大约可以总括这六本书的内容中心思想，而与内容相对的文学形式值得分析。《史记》是古文（散文）形式的正史典籍，《离骚》是汉赋前身的神话上古诗，《庄子》是上古寓言,“杜诗”是唐朝近体诗（以别于汉朝的古体诗），《西厢记》是宋词与元曲杂剧,《水浒传》是章回小说,可以说是传统文学主要的六种形式,各选一书为代表，则《水浒传》就居明、清章回小说的魁首地位（就像《史记》是正史“廿四史”之首一样）。

历史精神方面：《离骚》的屈原与庄子都是战国时代的人，

《史记》的司马迁生于汉朝，杜甫在唐朝，《西厢记》的作者们跨唐（元稹）、宋（赵令畤）、金（董解元）、元（王实甫）数个朝代。以上这五才子书正好是中国文学自成熟以来的时代衔接，而《水浒传》就接在元曲《西厢记》之后,是元、明时期形成的章回小说。六本书一以贯之，串成中国文学形式传承史。

如果再回头看六大才子书主要内容的不同，《史记》是历史，《离骚》是神话，《庄子》是寓言,“杜诗”是感怀诗，《西厢记》是人生悲欢离合,而《水浒传》呢？则是兼备了这五种内容。这五种内容，感怀与人生悲欢离合都是一生一世的事，历史、神话、寓言则有贯穿时代、联系古今的历史意义。

六才子书到了《西厢记》出现了跨时代的四个作者，而在它后面的《水浒传》则可能有数十上百个作者。《西厢记》有不同朝代的四个作者，是由于文学形式的演变，从唐传奇短篇古文小说，经过宋、金词到元的杂剧,每一个作者各以一个文学形式做完整的创作。《水浒传》的“作者群”却是在一个文学形式（章回小说）之下，一个明代之内，各司一部分内容的传承式的“集体创作”。金圣叹本人是这一群作者之中的最后一位，并且也像他前面的这群人一样不愿意出名。最后由他大力修改、润色、删定的七十回本，伪托称是“贯华堂”秘传古本。所以现在以严谨的学术版本学来研究，除了金圣叹因“贯华堂”本被识破伪托而“露了马脚”之外，还找不出第二个人是《水浒传》的真实作者——罗本（贯中）已被考据为不可能，施耐庵则是否真有其人，尚待考。

版本学到目前为止的研究结果，对于《水浒传》成书的过程，大致了解如下：最初是在南宋初年关于宋江与梁山泊的传说故事，到宋、元之间出现作者不知何人的《大宋宣和遗事》话本，这是第一个阶段；之后整个元代有二十几种“水浒戏”（元杂剧）的创作，是零星的故事与人物，并持续创作到明代，这是第二个阶段；第三个阶段就是元末明初出现章回小说的《水浒传》，而经过不断地增损润色，到成化至嘉靖年间有了成熟完整的《水浒传》一百二十回本，再到明末清初被金圣叹删定为七十回本，之后至今三百多年没有再出现任何新修改的版本。

这里并非要谈《水浒传》版本问题，而是借上述这个梗概提出两个论点。第一、“水浒”故事的传说源自北宋末年，直到明朝末年，这本书还在进行大幅修改，则《水浒传》实际上孕育了五百多年。第二、这五百多年的中国历史发展激荡出民间流传“水浒”故事，到了明朝更为深沉，而吸引了大批文人参与创作修改的长期工程。第二点值得进一步探索。

《水浒传》从传说、话本、戏曲到章回小说及其长期修改，这长达五百多年的时间正好是中国近古史（南宋、元、明三个朝代），也就是整个中国历史的成熟期（此后的盛清之后就是衰落期）。中国文明步入成熟的近古史呈现三大特色现象：一是经济、科技与民间文化的高度发展而领先全世界，二是汉族统治者长期承受女真族与蒙古族兴衰交替的沉重军事压力，三是政治极度黑暗与政府腐败。第一点的结果之一就是出现了市民文学杰出艺术形式的平话、戏曲与章回小说如《水浒传》。第三点就是金圣叹与所有的《水浒传》读者都会特别指出的，这部“大书”的中心思想之一就是反映这段历史的黑暗面——也正因为这本“才子书”内容讥讽封建朝廷腐败并且描述造反行动，所以明朝的《水浒传》作者群都“不愿”具名，以免遭文字狱之祸。那么，三大历史特色的第二点与《水浒传》的思想有何关系呢?

笔者个人多年玩味《水浒传》,并且对照中国近世史的心得，认为第二点可能是这本“才子书”的真正中心思想的来源。

“汉族统治者长期承受女真族与蒙古族兴衰交替的沉重军事压力”,实际的情形是中国史上三个经济文化发展最有丰富灿烂成果的朝代：北宋、南宋与明朝三个汉族政权，亡于塞北游骑民族。进一步分析，三个朝代之亡各不相同，北宋亡后南宋还有半壁江山，而后来明先亡于内部的农民暴动（李自成起义），再被清朝“取代”；所以，南宋亡于元朝最为惨痛。因此明朝逐退元朝之后，民族意识就相当高昂。但是明只是“逐退”元朝，不像过去汉对匈奴、唐对突厥是消化掉，整个明朝二百七十多年，元朝残余一直仍在长城以北不断寇边，这是中国五千年史上唯一的例子——这就是上述的“沉重”军事压力，“压”出了今天尚雄立于地球，受国际瞻仰的万里长城（秦、汉、隋、唐长城都已淹没，今天的长城是明朝所建的）。元朝极盛时建立了人类历史上唯一的“世界帝国”，南宋支撑不下去而被灭亡。明朝取代元朝的二百七十多年间，仍受这个世界帝国残余但相当强悍的武力威胁。

明朝整个一朝代在长城与蒙古诸部族的对抗，刺激了整个一朝代的文人，把宋、元以来流传的南宋时代太行山区汉族遗民抗金（女真族）故事，再参考“水浒”元曲，而改编、润色成为整部《水浒传》章回小说。.

也就是说，中国近古史上抗金、抗元，长期的汉族生存奋斗所激荡出的民间“水浒”故事，到了武力远超过两宋而逐退元朝，并且继续与它长期强力对抗的明朝，酝酿成为反映整个中国近世史历史精神的汉族文学巨构。

整个明代，从太祖、成祖逐退元朝政权，而开始大修长城加强武备，一直修筑防守到吴三桂开长城山海关。二百多年之间，**一批又一批的将领与兵卒涌上阴山脊峰上的长城，“后方”则是一批又一批的无名文人在书斋中（最著名的是明朝中叶武定侯郭勋府中）苦修《水浒传》——他们要以笔墨来传述那个时代汉民族的军官、武将、兵卒们的艰苦事业、苍凉岁月与坎坷命运，以及朝廷本身处在中国史上空前的黑暗腐败之中，这样一个诡异而沉重的历史情境。**

上面的论点，其中有一部分参考了北京大学林庚教授的《从水浒戏看〈水浒传〉》（1993年北京大学《国学研究》第一卷）对于《水浒传》的“边功”思想的观点。这是在传统的《水浒传》农民革命论之外，最近几年新的见解之一。

笔者再提出更进一步的看法：《水浒传》并不是一部描述江湖盗匪造反的通俗小说。这部史诗式传说故事的**更深寓意，是借盗匪盘踞的水泊，为受屈被压迫而亡命的朝廷优秀军官提供一个容身之处，而双方合作反抗政治黑暗，共创光明的未来——革命推翻朝廷，或招安立功边庭**（金圣叹被有些《水浒传》研究者视为罪人的“罪状”，删掉后面五十回，其实隐藏了他反对招安、主张革命到底的思想）。

亡命的优秀军官们如何与江湖盗匪合作，共同追求再造国家的远大目标呢?其互相融合的演变过程之中，有一套高度智慧的组织谋略，来把这两群原来黑白对立的身怀不凡武艺者聚合凝结起来,爆发出人性的光辉与历史的火花。

在《水浒传》实际故事内容上，以细描一百零八人姓名、个性、本领、经历，而一一交代其上梁山泊的过程，并且在最后又嵌入梁山泊革命团体的微型“影子军事政府”中一一因其专业本领而安排职位，再以神话石碣天文的天罡地煞一一排定其“上应星宿”，来呼应集团中的领导地位。这种惊人的浩繁兼细腻的写法，在世界文学史上也极为罕见。明朝的这一群《水浒传》作者们的这种落笔经营方式，应该有他们一番苦心的用意。读《水浒传》假如以一百零八人这些种种只是当作计量式的快感，或者仅是江湖正义叛逆宣泄的快意,都是不够深入的。

一百零八人来自社会各个角落与领域，不同的阶层、职业、出身各因为不同的遭遇、个性与本领，而先后以不同方式聚集到梁山泊上。这么多来自四面八方的相异之人，最后如何能同心一志反抗朝廷政治黑暗与奸官压迫呢？其丰富、精彩、感人的故事过程背后,有相当的脉络可寻。**一百零八人各怀不平凡的本领或武艺，各有坎坷冤屈不平的遭遇,各有满腔悲愤与无比斗志要闯出一片天地。把他们逐一组织起来,各安其位而适用其才,需要一套繁复但极有条理、系统的谋略。**

本书《〈水浒传〉的组织谋略》，试图以这些观点为基础，探索出一个玩味《水浒传》的新方向。

此外,在历史的实用方面而言，传统史观的“载舟覆舟”、“得道者昌、失道者亡”的道德律,从革命造反集团发展成长的组织谋略之中，可以找出“捭阖”之道与敌我消长、阵营易势的辩证法则；在当代工商社会之中，则可以用来观察公司商战的胜败生存游戏规则。

最后要向读者说明的是，本书所依据的版本，是金圣叹所删订的七十回本《水浒传》（也就是暂不讨论被删掉的后面五十回），理由就在本书第一章第一节《梁山泊主体观点》。

宋江

远色可尚义，疏财方类聚

旱魃为虐，焦然下土。取彼萑苻，以作霖雨。呜呼时哉，时哉，斯公之时哉。尔公尔侯，胡为乎不来。

第一章 《水浒传》与捭阖、组织谋略

《水浒传》是中国文学史上第一奇书。这部描写官逼民反、起义上梁山的史诗式的长篇巨构，成书的过程从元朝末年到明朝末年长达三百年，在世界文学史上也属仅见。明末文学批评与思想家金圣叹把《水浒传》与《庄子》、《离骚》、《史记》等书并列为“才子书”，并且亲自评论、详加批注，同时参与了最后一次《水浒传》的内容修改润色工作，而删订为七十回本（把原书的后五十回删除）。此后，就不再出现《水浒传》的修改与新的版本，而明朝二百七十多年无数参与者的修改工作也到此为止。七十回本在金圣叹之后成为通行本。

梁山泊主体观点

金圣叹删定的七十回本，何以被清初以来的中国社会普遍接受、流传至今，而“淘汰”了其他各种回数的版本？对于这一点，“水浒学”众说纷纭、莫衷一是。

如果从后五十回是叙述梁山好汉受朝廷招安，而奉命出征以至凋零殆尽的过程来看，大约可以说七十回本是不赞成招安的，在文学思想上是浪漫（革命）主义超越悲剧思想的。若以实际的小说内容所述来看，大约可以说七十回本是以梁山泊集团（一百零八条好汉）成长、壮大到完成为止的叙述过程，也就是“梁山泊主体”的观点。

这个观点把梁山泊集团的肇始、演变、壮大、完成（一百零八人的名单全部整齐），视为整个《水浒传》故事的中心骨干与思想表现。对于集团完成之后，受朝廷招安出征而再一一折损成员的后段（五十回）故事，当然就要舍弃。

而七十回本之所以吸引整个中国社会，淘汰了其他回数的版本，则这个“梁山泊成长壮大史”的故事，当然要有它特别独到的精彩之处。一般的传统看法多以文学与艺术理论的观点，去评价七十回本《水浒传》，多认为人物刻画、故事情节深入而生动；还有些成见认为除了鲁智深、武松、李逵、宋江、戴宗等主角的故事之外，后半段大规模的好汉集体成批上山的故事，乏味而没有多大意义。

这里提出一个恰好相反的看法，几个主角故事之外的后半段成批好汉上山的经过，其中蕴藏着高度的谋略智慧。金圣叹把《水浒传》同《史记》、《庄子》并列，就是明白表示：文学造诣之外，《水浒》之中还有高深的谋略思想在内。

梁山泊集团构成的“有机”模式

对于梁山泊集团组成的观察研究有三个进阶观点：第一是数学式观察，第二是物理式观察，第三是化学式观察。

数学式就是算术的加减乘除。当初晁盖率领六人上山，由林冲火并了王伦，七加五减一，剩下十一个头领。之后宋江再陆续拉人上山，而最后晁盖作战负伤死去，减掉这一点，加上一群又一群人，成为一百零八人。这个观点可以满足一般读者的计量式快感。

物理式，是进一步分析梁山泊各好汉的个性、出身、背景、经历、才能……加以归类，而知道宋江因仗义疏财就能以一个小吏而统御群伦、花荣以神箭见长、鲁智深出身军官沦为和尚、戴宗为狱吏会“神行法”日奔八百里、“一丈青”是身材高挑武艺非凡的女将……在计量快感之外，还有“多样性”的品味乐趣。

化学式，就是本节所说的“有机”模式。比如说两个氢原子加上一个氧原子，可以变成水，而原来氢可以自燃，氧是助燃物，但水却可以灭火——这些化学变化，其中有一定的结构脉络可以梳理，叫做有机性。梁山泊集团在初期王伦时期是一种性质与生存法则，林冲上山之后为之一变，晁盖上山之后又为之一变，宋江纠合人马上山之后，又为之一变。……各路人马上山彼此之间又有脉络关系（例如林冲原在禁军里认识过徐宁，徐宁的表弟铁匠汤隆是李逵拉上山的；孙立集团与石勇相识而上梁山，为了立功而破了祝家庄，与一丈青原来算是有仇，化解于宋江之下……）。这些变化，类似化学变化——两三个人或两三批人的关系、身份、地位，在接触、融合、重组之后，形成了新的关系、身份、地位。这个变化的背后有其可寻的脉络与肌理。

有机式的观察可以看出梁山泊集团绝非一般的“草寇”，他们成长、汇集、壮大的过程，其组成的艰辛与集团结构的严密完整，并不亚于隋末的李世民集团或成吉思汗当初糅合蒙古族二百个部落所经历的过程。

“捭阖”与人脉谋略

《孙子兵法》说：“上兵伐谋，其次伐交，其次伐兵，其下攻城。”这个“四层次论”，被一句经常引用的话转移了它的重点。这句话是“不战而屈人之兵”，转移了的重点是大部分人因此只注意“其次伐交”要高过“其下攻城”，而太强调外交的纵横术，却忽略了外交之上的“上兵伐谋”。

外交讲纵横，其中千变万化，而可以不真的动武（“不战而屈人之兵”），因此被神化了，而忽略了纵横的外交之上与背后，若没有更高的谋略，纵横术是玩不起来的。

“捭阖纵横”四字常常并用，但一般观点很少注意上面两个字。因为纵横二字已经几乎可以网罗天下了。战国时的苏秦讲“合纵”（地理上纵走的六国联合起来对付秦），就是“统一战线”，简称统战；张仪讲“连横”（地理上秦以横向发展而分别与六国联盟），就是“各个击破”。两套法宝无往不利。然而明明只有七雄一个局面，为何会出现两套谋略，这就是“捭阖”了——一“捭”（打开）一“阖”（合起来）之间千变万化。“纵横”只是手段与方式运用，捭阖才是基本模式原则。

兵法上，“纵横”是出击手段，“捭阖”是指导原则，“纵横”可说是“外部兵学”，“捭阖”则是“内部兵学”。

在集团势力的组成、成长、壮大上，对于集团之外敌对体的攻击、分化、吸收是纵横的手段运用；而纳入本身集团内部之后的改编、重组、融合则是捭阖的“消化”过程。这些变化之中环绕着一个对于“人”以及“人脉”的深层谋略。

《三国演义》之中，曹操以讨伐黄巾军起家，后来竟能收编三十万黑山黄巾军为他的正规军，替他打天下，一捭一阖之间若此。宋江在郓城做押司，因经手机密情报而私放了通缉要犯晁盖等人上了梁山泊，若干变化之后梁山泊竟被宋江所统御，一捭一阖之间若此。《三国演义》的刘备用孔明“隆中对”的战略设计准备入四川，入川之后重用当地人士法正，而刘备得以反客为主，一捭一阖之间若此。宋江用花荣之计赚了秦明落草，一批好汉一同上梁山，而中途宋江脱队开溜，留信强荐这些人使晁盖接纳，后来宋江也反客为主，一捭一阖之间若此。

组织谋略与力量情势的辩证关系

“人”的问题，从古至今有两个不变的原理：一是人的派系（人脉）改组重编的问题，一是这个改组重编对于整个客观（敌我的）情势本质的改变问题。

历代的革命、征伐与造反、招安，真正流血杀人致死（或公司全面崩溃倒闭）的情况并不多见。在长期的过程中，常态所见是不断地发生情势变化与人脉的调整。敌、我阵营的最大决胜负，并不是彼此的流血杀伤，而是彼此的招降纳叛。因为战阵上的拼杀，不但会引起同仇敌忾使对手变得更强、更团结，而且我方本身无所获。但如果能策反对方内部，则一方面减少了搏杀之伤，二方面增加己方力量，三方面直接削弱对方，四方面又带来对于对方弱点的暴露，一正一负加减乘除之间，敌我对立情势立即为之改观。所以林肯曾说过：“消灭敌人最好的方法，是把他变成朋友。”

而一旦策反对方成功几次之后，就可以形成心理延续的附加效应，已经叛逃投降我方者，可以再去号召旧日同僚再度叛逃，而一旦陆续形成“惯性”时，就是对方崩溃的时刻要到来了。商战的敌对公司之间也多半如此。

历代的革命团体在成长壮大到突破一个临界点之后，就不再采取攻坚式的纯破坏行动，而间歇并用策反纳降的方式，使革命行动犹如“重力加速度”而越来越自如，直到敌我情势的重大翻转互易——这其中的变化原理是辩证法则，质变与量变的交互运用。

而质变与量变的交互运用在“人”或“人脉”身上，就是透过整编、重组的组织谋略使各个人或各派系人马，由质变而量变，或由量变而质变。古代到近代的革命、打天下、换朝代，多半是这一套原理的变化运用。今日现代经济社会的商场战争、公司竞争，也超越不了这个原理。

七十回本《水浒传》高明精彩之处，就是那梁山泊汇集一百零八人的经过，其中有一套捭阖权术，有一套组织谋略。所以他们能够从无变有、从小变大，不但“因粮于敌”，还可以“因将于敌”——把一个个优秀而武艺绝伦的将才从朝廷体制中拉出来，成为叛逃，而纳降于梁山泊集团宋江旗帜之下。

梁山泊最先从几百名喽啰的山头，经过宋江高度组织谋略的经营，汇集各方人才一百零八条好汉，最后成为十万大军，战无不胜、攻无不克。这与努尔哈赤以十三副甲胄、两百骑起家而两代即建立大帝国，刘备以桃园结义三将领三十年而称霸四川，有异曲同工之妙。敌对的势力并非完全被消灭，而是透过敌我情势的消长演变，其中一大部分为我方吸收消化融合，而取得了最后的胜利。胜负关键的抽象原则是质变与量变，在“人”的方面则是组织谋略（派系整编重组）的运用——《水浒传》的大谋略在此。

卢俊义

粟积千石千斛，仆有一喜一惧

日月晕于外，其贼在内。防患其所憎，祸生于所爱。惟女子与小人为难养也。汝其知之乎？

第二章 梁山泊成长的平面观过程

梁山泊从最初王伦率领杜迁、宋万、朱贵一共四个头领，经过长期复杂的成长演化蜕变过程（中间有王伦被杀与晁盖的阵亡），最后汇集成一百零八位头领。研究分析这个长程复杂变化之中的组织谋略之前，先要在前提上对梁山泊的属性或定义，有一个基本认识、界定。

“水浒”的定义

《水浒传》书名中的“浒”字是指“水边”，也就是江河湖泊的边缘地区。一般人受文学写景、写境的影响，总以为“湖畔”是富有诗意的美景，是骚人墨客或游客情侣徜徉之地，湖光山色其美无涯，因而忽略了另一种情况，“水边”常常也是曲港交错、深不可测、杂草乱木丛生的盗匪藏身之处。因为这种环境，第一可以神出鬼没，第二就是官兵搜捕不易，所以历代的盗匪有很大的一部分是水盗（如北宋被岳飞剿灭的洞庭湖杨幺，竟然势力大到自称帝王）。《水浒传》故事描述的，就是后面这一种情形。

但是如果仅是描写水盗，那将是一个寻常的江湖小说，不可能成为史诗，也不可能吸引了明朝长达两百多年的许多文人参与《水浒传》的修改工作。

这其中有一个极为重要的辩证观点，《水浒传》中这些落草为寇的盗匪，原来大都是正常的商人、军官、小市民，是因为朝廷黑暗、官吏腐败，使他们遭受不平冤屈，最后“逼上梁山”的；而“逼上梁山”之后，汇集成巨大力量，又可以重新被朝廷招安去安邦定国，建立可歌可泣的征战功勋。也就是说因为有“水浒”这个水边容身之地，使受冤屈的才俊者得到迂回的机会，重新报效国家、拯救社会，并且洗刷自己的不平之冤。所以有一种版本就叫做《忠义水浒传》，明朝大思想家李卓吾评《水浒传》时，也特别强调“忠义”精神；金圣叹细批《水浒传》时，更不忘记时时赞扬称颂那些受屈不平的江湖好汉，表彰他们的忠肝义胆。

“梁山泊”这个名词，就是“一个水泊环绕一座梁山”，是个典型的“水浒”。原来是个十分切题、十分具象的地理名词，但是因为“水浒”（水边）是江湖好汉心目中的乌托邦，并且因为长期对抗朝廷官兵而闻名，最后蜕变为一个精神境界的名词，而又同时指“聚集在梁山泊上的这一群江湖好汉”。本书谈“梁山泊的构成”，所说的“梁山泊”是指这一群人的集团的组成与演变。

山头主义与山头林立的局面

“梁山泊”这个地理名词，既然是水泊之中的一座山上聚集的一群好汉，并且远离城市、社会与乡村，是个偏远又孤立的情况，用现代词汇来说，它是个标准的“山头”。

《水浒传》从头到尾，不时出现各种类型的山头。这些山头之间，或有一些间接微弱的联系，或各自独立互不往来。但是众山头之间有一个共同的精神上的默契，就是对于正道社会采取敌对的立场：或抗拒官军收捕、或打家劫舍以图生存、或招降纳叛发展壮大。这种共同的默契，是后来众山头汇集到梁山泊这个“总山头”的根本原因。

在这个共同默契与最后“众虎同心归水泊”之前，各大小山头还有一个算是本身属性的共同特点，就是亡命意识。所有上山落草为寇的，不论是做生意“消折了本钱”，或者是受冤屈“官逼民反”而上山，基本上都是走投无路。这种亡命意识与现实上的走投无路，造成他们对于自己盘踞的山头形成一种“割据意识”——完全与正道社会脱离，不属任何势力管辖的纯独立生存局面。这种“自谋生存”，抗拒一切管辖约束，而本身局限于偏僻一隅的意识，就是“山头主义”。

“山头主义”与中国自然地理的多山情况配合，使“占山为王”成为一件不太难的事。于是只要朝廷黑暗、社会不公、官吏腐败，山头就一个一个地出现，而形成了“山头林立”的局面。

假如《水浒传》故事之中只有梁山泊一个大山头，不论它多么强大，拥有多少武艺高强的才俊者，这个故事不可能发展得下去的。“梁山泊”（或“水浒”）真正最重要的历史意义、社会意义，是它呈现了一个“山头林立”的黑暗旧社会的面貌。而“梁山泊”这个地理名词，抽象成为好汉集团名词，再抽象成为社会特定势力名词，它的根本意义就是：**在“山头林立”的局面之中，总会激荡酝酿出一个为四方众山头中心的“梁山泊”出来。**

山头主义之下的“变形山头”

至于比较深入地分析：山头主义与山头林立的社会背景因素，所涉及的“社会解体”理论观点，也是组织谋略中所要讨论的。在后面的第六章再作深入分析，这里先作一个平面式的初步观察。

所谓“山头”，本来就是以地理名词来形容社会人群关系的说法，而“山头主义”则更是强化这个形容。深入地探索可以看出来“山头”或“山头主义”，并不一定要真正地占据一座山独自生存，而是抽象地表示只要能形成割据或不受管束而独自生存。现代政治活动之中，常常以“山头”来形容地方主义。

以这个标准来衡量，《水浒传》之中，不一定在“水边”或山头，甚至有时在都市死角或三不管的农村之中，也有“山头主义”式的势力存在。例如柴进的庄园，九纹龙史进的史家村，穆弘、穆春兄弟的穆家庄，施恩的“快活林”，张青、孙二娘夫妇的人肉包子黑店……这些“变形山头”对于正道社会的侵蚀损伤，有时可能比真正的“山头”还要可怕。因为真正的山头并不是天天出来打家劫舍，但“变形山头”，却是日月不停地开赌场赚黑钱，或运用恶势力鱼肉乡里；真正的山头还要防备官军搜捕，“变形山头”不但与腐败的地方政治恶势力勾结而共生，甚至地方政治力量还要仰他们的鼻息。

“变形山头”的恶劣性要大过真正的山头，因为他们生来就是“半黑”的，也没有什么“官逼民反”的冤屈。不过，“变形山头”却是真正的山头发展的基础与力量壮大的来源。最重要的是通过真正的山头，对于各“变形山头”的吸收、容纳、涵化，改组其结构，改变其性质，最后共同追寻重新投入正道社会的功勋事业——招安。这是《水浒传》故事及其中心思想所要阐述的另一个重要的历史精神。

变形山头的性质、成分，以及它们同社会解体之间的互动关系，也留在后面作深入分析。

山头、“准山头”与“边缘人”

前面说的“变形山头”，依其发展轨迹来看，后来必然成为真的山头（例如五十六回孔家庄孔明、孔亮兄弟与仇家相争，杀了对方全家而上白虎山落草），则可以说是“准山头”。

山头与“准山头”都是群体形式，至少有两位以上的好汉，率领一批喽啰（原来在“准山头”的农庄则是会武的庄客）。在这两种情形之外，还有一种状况，大都为单一的个人，或流落江湖、或遭受冤屈，而最后上山落草的。这种不见容于正道社会的人，不论有多大武艺（如武松），或根本只是宵小（如白胜、时迁），以现代社会学的眼光来看都叫做“边缘人”（或叫“畸零人”）。

山头、准山头、边缘人这三种人的划分归类法，一方面说明了投奔梁山的人有集体与个人的差别，一方面说明了在“逼上梁山”的过程中，各有其阶段发展的差异性存在。对于当时社会与朝廷而言，梁山泊最可怕的地方并非它的难以剿捕的地理环境，也不是它的强大的实力，而是它对于另两种人——准山头与边缘人所形成的吸引力与号召力。这使得梁山泊的后援力量源源不断，永远有准山头在变质到某一个程度之后，上了梁山；永远有社会边缘人在受尽了折磨委屈之后被迫落草（如林冲、武松……）。只要朝廷一日不公、政治一日黑暗、官吏一日腐败，就会日日月月地有准山头变成真山头，有边缘人加入山头。

准山头与边缘人的观察分析，提供了一个读《水浒传》的方法、立场。造反团体或山头盗匪，并非同正道社会一刀两断完全分开的，**它与正道社会之间还有灰色地带（准山头、边缘人）存在。当时社会与山头盗匪的对立矛盾局面，不是静态呆板的，而是动态变化的，其决定因素在灰色地带——它会扩大到什么程度，以及它一步一步变黑到什么程度**。灰色地带扩大、变黑，不是梁山泊与各山头有多大吸引力，乃是朝廷与政府的“官逼民反”。《孟子》早就说过“为渊驱鱼”的理论，“水则载舟，水则覆舟”的道理也在此。

组织谋略与善恶对立的问题

而《水浒传》这本书的思想博大精深与高明之处就在于：**它把灰色地带扩大、变黑，汇集成一个超大型山头的一百零八人之后，以挪移乾坤的手法再把他们“漂白”——接受招安、建立功勋**。这个中心思想完全符合了“水则载舟、水则覆舟”的教训，它说明了沦为盗匪的人最后仍能重返正道，为社会做出正面的重大贡献，这就是“水浒”精神之所在。

于是，对于人性或社会的善、恶两元对立的问题，有了矛盾统一的结论。善、恶的问题，在于人所处的情况，而并非人的本质有任何善、恶的绝对性存在。林冲那样正直、温厚、谦恭、稳健的人，在情况所迫时他也会心狠手辣地火并掉王伦。武松本来是一个市井游手好闲的“边缘人”，后来受了宋江感召，一心要向上，竟然成为道德高尚、武艺高强的俊杰。这是个人的遭遇情况。

到了群体集团的遭遇时，矛盾统一就要复杂得多，善、恶两元对立也就更为晦涩玄奥。孙立、孙新集团为了救表兄弟解珍、解宝，出发点是善，却因此而献计上梁山，牺牲了同门师兄栾廷玉，结果是恶。宋江、花荣为了赚秦明入伙落草，杀了半城人命，这是恶；但结果秦明成为梁山泊高级将才，后来立功无数，这又是善。

研究《水浒传》的组织谋略，在避开善恶对立问题之外，又可以提出另一个与善、恶有关的问题，为什么梁山泊的缔造者（宋江、晁盖、吴用、柴进……）能把灰色地带扩大变黑，而最后又能重新“漂白”？这是研究组织谋略必须兼顾的一点。《孙子兵法》讲“道”、“天”、“地”、“将”、“法”，把“法”放在最末，把“道”放在最高层次。组织谋略不是纯兵法战阵，而纯兵法尚且以“道”为最高指导，则组织谋略当更加如此。因为组织谋略的对象永远直接针对“人”，则不可能有“纯权谋”的运用，必须要考虑到人心中的最后价值标准——善、恶。

梁山泊能够汇集山头、准山头、边缘人成为一股大力量，在组织谋略之上、在善恶上，它先立于不败之地——朝廷黑暗、官吏腐败，正道社会已经变恶了，所以梁山泊要“替天行道”，提出另一个“代替性”的善，来取代已经变恶的正道社会的体制。

从“替天行道”到“逼上梁山”

《水浒传》在第四十一回，由九天玄女口中说出“替天行道”的话来，算是正式地提出了“代替性”的善，与正道社会对抗。“替天行道”这句话隐含着“天道不行”，也就是指朝廷黑暗、社会不公、官吏腐败，于是被压迫、受冤屈的人要起来反抗，并且汇聚成巨大的力量，要重新为社会主持公道。这其中就有了打天下、换朝代、革命的含义在内。

当梁山泊好汉们，不再以受冤屈者自居，不再以草寇自卑，而以“革命者”的姿态出现时，对于正道社会就不再采取消极的抗拒、破坏、打家劫舍的做法，而是积极地往争夺、正面攻击，以及攫取重大社会资源这些方向发展了。

所谓“攫取重大社会资源”，除了财富、存粮（如祝家庄的巨大财富与积存钱粮）之外，另一个重要的资源是“人力”——才俊之士。梁山泊要成长壮大，不能老是依赖草寇老底子与山寨喽啰，还要把正道社会中的精英分子吸收进来，为它效命，发挥重大力量。这是宋江、吴用不停地设计赚取“金枪手”徐宁、“轰天雷”凌振、“双鞭”呼延灼、“玉麒麟”卢俊义等人上山的原因。

这些才俊是第四种人——在山头、准山头、边缘人之外的第四种人。这四种人的正邪成分，可以看出来是由黑而灰而白的渐次过渡的性质。到了“白”的人（第四种——正道社会的俊彦）能被赚上山，就是梁山泊完成了其属性蜕变工程，进入“准革命”层次了。

卢俊义等人原是正道社会中的俊彦分子，安坐家中无事，祸从天降而被裹胁上山，这是另一种“逼上梁山”。从林冲被奸官高太尉陷害而被“逼上梁山”，到宋江认为山寨需要卢俊义这样的人而把他“逼上梁山”，这其中的变化有两个层次：一是被压迫、受冤屈者，反过来要“替天行道”；二是官逼民反的“逼上梁山”是绝对的恶，梁山好汉对于社会才俊的“逼上梁山”，是相对的恶，是基于“替天行道”的需要，而以江湖义气设圈套逼人上山的。

第二种“逼上梁山”，占梁山泊集团组成中相当重要的一部分，就其组织谋略而言，是谋略性大于组织（人脉）性。

当山头、准山头、边缘人、社会精英四类人上梁山的方式都齐备了，可以看出梁山泊几乎没有它吸收不到、摄取不到的人才。这背后必须有一套组织的大谋略存在。

梁山泊初阶段的成长过程与谋略

梁山泊是在一连串的事件之中，逐步地、阶段性地成长、发展、壮大而完成一百零八人集团规模的。这些事件都环绕着“官逼民反”、“替天行道”、“逼上梁山”这几个中心思想。有的事件是偶发性，有的是设计出来的，前者的谋略性较小，后者就是谋略的结果。通过这些事件与谋略，最后建构完成了梁山泊集团。

《水浒传》故事之中，梁山泊这个地方最初出现在第十回，柴进推荐林冲上山受到王伦刁难。这个过程在事件上是一连串林冲受冤、受迫害的过程，而起始原因是高太尉的养子高衙内好色看上了林冲的妻子，而刻意要谋害林冲。这是“官逼民反”与“逼上梁山”的基本模式。而柴进以他的法外特权（有朝廷颁给他的誓书铁券，可以不受一般法律管辖），加上庄园的巨大财富，而专门招纳江湖亡命人士，这已经隐藏了他要“替天行道”的意思了。而当时梁山泊主王伦，竟然曾受恩于柴进，更可见柴进的野心了。在柴进这个“准革命”的大谋略之下，林冲得以受他信函的推荐而上山。

然而王伦这个人心地狭窄，他担心林冲武艺高强压过了他，于是百般刁难，最后在很不情愿而且十分羞辱对方的情况之下，收留了林冲，却使林冲心灰意冷并且怀有怨恨之心。王伦失算之处有二：一是这梁山泊本来是天下亡命者、受冤屈者的共同归宿，岂可据为一己之有？二是林冲在高太尉的百般陷害之下走投无路，最后竟然连落草为寇的资格也难得到，这就是冤上加冤、屈上加屈了。而后来晁盖等一伙人再上山，王伦若能改变胸怀坦然接受，林冲绝对不会杀他，但王伦又施故伎，又要以金银相赠而拒绝晁盖一伙上山，林冲就忍无可忍而火并王伦了。

王伦横尸梁山泊，固然咎由自取，林冲杀王伦也并无半点私心，是为了江湖道义、天下公理，但这背后仍有两层谋略存在：第一层较浅的谋略，是晁盖等人刚上梁山泊的第一夜，吴用看出来林冲对王伦接待众人态度的不满，而布局配合第二天林冲火并王伦。当晚吴用曾对晁盖说："兄长放心，此一会倒有分做山寨之主。"第二层较深的大谋略，要从晁盖等七人上山的最初原因——打劫"生辰纲"说起。

"生辰纲"事件，决定了梁山泊初阶段的成长，从王伦率领的杜迁、宋万、朱贵、林冲，演变为王伦被杀，而加入了晁盖、吴用、公孙胜、刘唐、阮氏三兄弟，成为十一位头领的小局面。这十一个人之中，已具备了水军、知识分子（军师吴用）、宗教人士（道士公孙胜）与逃亡的军官（林冲），不仅人数上比一般山头（多半是三四个头领）多出不少，而且在组织、阵容、实力上也强大得多。

打劫"生辰纲"与"替天行道"、"逼上梁山"

晁盖等七人集团上梁山，是整个《水浒传》故事之中唯一的一次没有人事关系、纯系毛遂自荐的方式上山的，其结果竟造成林冲火并王伦，改组了梁山泊集团的性质。也可以说，晁盖等人是强行上山，以实力夺取了梁山领导权。这一点十分符合江湖各山头之间“唯力量现实主义”的生存法则。但是这个表象的背后，却是从“智取生辰纲”一路演变下来，由吴用一手策划的大谋略。

“生辰纲”，是贪官梁中书贿赂他在朝中的岳父蔡京的礼物。借蔡京过生日送礼为名，所以叫“生辰纲”。而礼物多到价值十万贯的金银珠宝，所以要编组成车队押送，“纲”就是指运送货物的车队。这十万贯原本来自民脂民膏，而贪官污吏上下勾结到这个地步，使百姓恨之入骨，于是江湖豪杰就要“替天行道”来打劫这批财宝。

十万贯金银珠宝送到京城，自然需要强有力的防卫护送力量，于是打劫起来并不容易，所以吴用为晁盖设计的计划有两套：一套是“智取”，使用诈术；一套是备用的，万一诈术被识破拆穿就改行暴力对付。结果其高明的诈术没有被看穿而奏效了，武艺高强的杨志所押送的金银担队伍，喝了下过药的酒而中计，“生辰纲”被劫。

智多星吴用设计的“软取”生辰纲，因为过程精彩奥妙（故事见第十五回），很容易使读《水浒传》的人把它同《三国演义》的孔明比较，而没有注意到吴用更高明的地方。而更高明的地方，就是上面说的“两套计划”——万一前面的计划失败，还有一个备用的可以补充。这个“复式谋略”，是吴用使用计谋的特长。

而在打劫生辰纲之前之后，吴用在整个大局上也早已设计下“复式谋略”了。首先，当刘唐投奔晁盖告以十万贯生辰纲应该打劫，晁盖向吴用商议时，吴用就提出了要纠合好几个人的力量的构想，而拉了原来在梁山泊附近打渔的阮氏三兄弟加入。后来众人打劫生辰纲之后，因白胜不慎泄密而被官军追捕，晁盖一伙人被“逼上梁山”，由林冲火并了王伦立晁盖为山寨主。在这个上山过程之后，是一段就地在梁山泊击退追捕官军的过程，主要立功者就是阮氏三兄弟，利用水边地形发挥作战力。整个来龙去脉，可以看出来吴用早就准备了“复式谋略”，邀三阮入伙的主要作用是为了后来上梁山，可以发挥这些水军熟悉地形来拒敌的本领。

三阮这个关键性的角色地位，说明了梁山泊在第一个阶段的成长、壮大过程中，水军对于“水浒”（水边）的梁山“泊”的重要性。梁山泊与其他所有山头相比较，最特殊的一点就是它在“水浒”（水边）之中，这使得它的山头独立生存（不易被剿灭）性质得到充分发挥。

从清风山到揭阳镇的派系人马

林冲火并王伦立晁盖为寨主，第一个阶段的梁山泊扩大，形成了晁盖、吴用、公孙胜、林冲、刘唐、阮小二、阮小五、阮小七、杜迁、宋万、朱贵等十一位头领的局面。

晁盖做了寨主，想到打劫生辰纲之后因泄密被官军围捕，赖宋江冒生命危险紧急通报，这一伙人才得以逃脱而上了梁山。于是命刘唐带了信函与百两黄金去酬谢宋江，之后引出宋江一大段戏。因刘唐所带的信而杀了阎婆惜，亡命江湖之后又返乡面对人命官司而服刑。这一大段戏分前后两段，分别又引出一批江湖好汉上了梁山泊，进入第二阶段的成长、壮大。

宋江杀了烟花女人而逃亡江湖，在柴进庄上遇见武松，引出“武十回”故事。后来二人再相遇于孔家庄，武松就上了二龙山落草，重新导入宋江故事。从孔家庄往清风寨去投奔花荣，途经清风山遇见三位落草的好汉——燕顺、王英、郑天寿，而因为宋江不慎被捕并连累花荣，引出三好汉劫囚，于是花荣叛变，并且设计诱赚了另一军官“霹雳火”秦明入伙，秦明又劝降了“镇三山”黄信，一同前去投梁山泊，经过对影山时宋江又收服了吕方、郭盛，而接着在一家酒店遇到石勇。石勇带了一封宋江弟弟宋清的信，伪造宋父逝世的消息，使宋江恸哭立即回去奔丧，而把大队人马以亲笔函荐上梁山。在宋江没有亲自领导的情况下，花荣、秦明、黄信、燕顺、王英、郑天寿、吕方、郭盛、石勇九位好汉上了梁山，这算是以清风山为中心的一帮人马。这是宋戏的前段部分。

宋江回家奔丧得知是假，于是面对以前人命官司而服刑，充军江州，路过江州附近的揭阳镇，又结识了一批江湖好汉。这批人可以分为五个方面：李俊、李立、童威、童猛是江上称霸而开黑店营生的；穆弘、穆春兄弟是以庄园称霸乡野的；张横、张顺兄弟则是打鱼和渡船的梢公，合称“揭阳三霸”；另外江州狱吏戴宗带着狱卒李逵是一方面，镇上卖膏药的薛永和他的徒弟侯健又是一方面。这五方面人马，在晁盖领军往江州劫牢救宋江，宋江反攻无为军报仇之后，都一齐上了梁山泊。返山寨途经黄门山，宋江又收服了欧鹏、蒋敬、马麟、陶宗旺四个落草为寇的好汉。江州劫牢之前，吴用为了救宋江而制造假信，诱赚了书法家

"圣手书生"萧让与金石家"玉臂匠"金大坚上山。这是宋戏的后段部分，共又增加了十八位头领。

宋江前后两段故事，以他一人为中心，一共牵引了二十七位头领上山，是晁盖原先十二人的两倍有余。这是梁山泊第二阶段的快速成长。这段快速成长有几个重要特色：第一、清风山三好汉、对影山两好汉、黄门山四好汉的一一上山，使梁山泊的地位超越了一般山头，成为众山头的中心；第二、揭阳三霸就是上述"灰色地带"的"准山头"，以三批实力派人马同时上梁山的声势，奠定了这个"成分"的好汉的地位；第三、花荣、秦明、黄信三位军官并非（如林冲）受冤而是由宋江"逼上梁山"的，这是梁山泊集团实力来源的一大性质变化；第四、前后两批大队人马上山之前，都曾攻打城市，正式与地方政府官军对阵，这又是梁山泊性质的转变；第五、宋江这两批人以晁盖原集团两倍半的对比力量上山，类似晁盖原来以七人夺王伦五人局面的模式，而宋江两批二十七人可分成七八个派系，是晁盖原来小集团所望尘莫及的。也可以说，打江州回来，宋江正式上山，梁山泊就正式进入宋江实力时期了。

这五点特色之中都蕴藏着组织谋略，其深度、广度都超出本章的范围、性质，放在后面第六章以后再深入分析。

三打祝家庄的转变

宋江三打祝家庄这一段故事，不但是《水浒传》最精彩、故事起伏最大的一段，也是梁山泊成长与宋江事业最关键转捩点。

三打祝家庄，可以分别从几个方面来分析、研判其中的组织谋略，本节仍依照本章“平面观”的观点来探讨。

三打祝家庄经过三段惊心动魄的大阵仗，梁山泊集团打下了实力雄厚强大的祝家庄，增加了孙立、孙新、顾大嫂、邹闰、邹渊、解珍、解宝、乐和、李应、杜兴、扈三娘、时迁、杨雄、石秀、杨林、邓飞、孟康、朱富、李云（最后这七位在打祝家庄之前不久已先上了梁山）十九位头领。

故事的大概是：杨雄、石秀杀了淫妇潘巧云而准备投梁山之前，因好友时迁偷吃了祝家庄酒店的鸡而引发冲突，后来宋江率大队人马打祝家庄始终不利，却因孙立集团投奔梁山泊要立功，而以“第五纵队”方式破了祝家庄，结果庄中主要人物全部阵亡，与祝家庄联防的李应和杜兴投降了梁山泊，联防的另一家扈家庄的女将扈三娘，被俘之后由宋江之父收为义女而许配给王英。

祝家庄被梁山泊摧毁的最大意义有五点：一、这是梁山泊继续发挥前一个阶段打江州的攻击正道社会的方向，并且扩大若干倍；二、这是梁山泊以小击大、倾巢远征而成功的一个重大突破；三、祝家庄三家联防体系本身实力雄厚（三家的武艺高手有九人之多，庄上有一两万人家），原来是正道社会的正道力量防御草寇的乡勇武力竟被梁山泊以小击大而摧毁，其过程之中并不见官府军队来援助，显示出正道社会的衰败，而到了一个转捩点；四、孙立集团是一个复杂的新型“灰色地带”（准山头）——军官与黑社会（赌坊）、乡野猎户的三结合。这个“三结合”暗示“灰色地带”的极大延伸性，也就是正道社会“由白变黑”的极大延伸性；五、“三打”过程之中，双方对垒情况已经是正式的阵地战，发号施令点名派将，富有作战序列意义的打法，梁山泊已经具有准正规军的架势，这又是一种集团性质上的转变。

打平祝家庄之后，梁山泊集团的头领已经聚集了六十人（连晁盖在内），已超过一百零八人的半数，而且重要人物已经大部分上了山。在人数上有六十位头领，这已经是一般小山头三四位头领的一二十倍力量。同时吸收祝家庄实力（一两万人家应该有三四万庄客，去掉大部分不愿上梁山的与阵亡的，应该还有一两万人成为梁山泊喽啰，以及多年存粮、财富与用于防御的军械武器）之后体制上有相当改变。“三打”的大阵仗与头领人数迅速扩张，使梁山泊必须迅速摆脱原来山头草寇简陋落后的习气，进入正规军、革命团体的分工合作性、自给自足的体制。这是梁山泊第三阶段的成长、壮大。

三打祝家庄是个转捩点，梁山泊从消极意义的草寇山头，变成积极意义的准正规军的革命团体。此后的发展，对于梁山泊本身性质的改变之外，又增加了对于正道社会产生冲击后果的广度、深度的问题。

营救柴进与营救卢俊义

祝家庄之后，梁山泊的战仗规模越来越大，除了曾头市之外，主要攻打的皆是城池，并且每一次都用计把对方的将才俊杰诱捕归顺（如徐宁、凌振、呼延灼、关胜、索超、张清、董平等一流武艺的军官）。其他后续加入的山头，其本身实力上（二龙山的鲁智深、杨志、武松，芒砀山的樊瑞、项充、李衮……）可能超过梁山泊第二阶段晁盖初上山时期的实力，但其在集团中相对的重要性已大幅降低，显示出梁山泊集团力量的不断壮大。

祝家庄之后，《水浒传》故事的发展主要可以划归三个段落：营救柴进，打曾头市，营救卢俊义。其中打曾头市这一段，对梁山泊的成长、壮大是一种晦涩、曲折的意义，其中还有冷酷的宋、晁权力斗争的一面。但这不在本章范围之内，留到后面第八、九两章再讨论。本节专谈两个营救故事。

梁山泊集团的领导阶层之中，具有个人威望并且有社会群众号召力、凝聚力的一共有四人：宋江、晁盖、柴进、卢俊义。晁盖始终是个“虚位寨主”，直到打曾头市中毒箭而死，而且后来天罡地煞两榜并无他名字，也就不必多论。另外三人，实际上仍以宋江为主，他是梁山泊的真正缔造者，然而柴进、卢俊义对于梁山泊的组成也不可或缺，所以需要探讨一番。

祝家庄之后的三段故事，也就是在宋江以“三打祝家庄”改造梁山泊体制之后，对于另三位领袖人物命运的安排，晁盖做“虚位寨主”已久，并且统御失当，他的去处难以安排，只能像历史上所有的第一代弱势领导者（如秦末的义帝、元末的韩林儿）一样，让他及时逝世。对于柴进、卢俊义两位领袖，都以营救的方式来凸显他们的不平凡地位。这是当初梁山泊大队人马打江州营救宋江模式的翻版。而营救宋江能牵引一批人马上山，使梁山泊成长壮大，这个模式仍在柴进、卢俊义身上见效。

柴进是真正梁山泊的原始缔造者，王伦受过他的救助之恩，林冲是他写信推荐给王伦而上山的，同时宋江落难时受过柴进款待。此外，如林冲、武松、石勇等人都在柴进庄上受过长、短期的照顾，在江湖上柴进仗义疏财的名声远超过晁盖而同宋江不相上下。这样的一个人物，因为梁山泊（宋江为赚朱仝上山，而使李逵连累了柴进）而受累系狱，梁山泊去营救他是理所当然的。营救柴进而引出连串阵仗，曲曲折折又引了不少人马上山，正可凸显出柴进的领袖级地位。梁山泊原始缔造者在最后被梁山泊营救的过程中，又促成了梁山泊的继续成长，这是表里相衬的双重意义。

卢俊义的情形很特殊，是梁山泊在最后阶段体制剧烈转变的关键人物，完全没有任何事情缘由、因果关系、人际脉络的情况下，基于梁山泊最后阶段改变体制的需要，而由正道社会强拉一位有名望、有地位、有社会代表性的人加入，于是就“陷害”了卢员外，再来营救他。

营救卢俊义与营救柴进是一个强烈的对比。柴进本来是江湖人物，专门喜好接纳亡命之徒，又一直暗通王伦以来的梁山泊，可说是个标准的“灰色地带”准山头，营救他的过程，梁山泊各头领对柴进是看成“自家人”的。卢俊义员外是大名府大财主，对梁山泊而言是完全不相干、不来往的正道社会人士。然而正因为此，宋江、吴用商议一定要把卢弄上山。

赚卢俊义上山有两层重大意义：一是在打下祝家庄，以正规作战方式与官军对阵之后，在心理上、在意识上、在价值体系上更上层楼地要对正道社会的精华分子强行攫取，以完成梁山泊集团体制转变成一个革命团体的最后工程。二是营救（先从布局陷害卢俊义开始）过程之中，梁山泊几乎所有人马均曾与卢交手或接触，这个大谋略的作用一方面是抬高卢的地位以便后来稳坐副寨主之位，一方面十分重要的是借卢来“漂白”梁山泊头领心中的草寇自卑感，建立对正道社会进攻的信心。

心理建设与意识凝固是最高组织谋略

这两次大规模的营救两位领袖人物，对梁山泊的成长、壮大虽然也带来了后面四五十位头领的上山，而且梁山泊真正实力的增强——大批军官的加入也正在这个阶段。但是这段时期梁山泊的成长已不是数量上的问题，而是体制及其之上的心理与精神问题。

柴进、卢俊义两位一灰一白领袖人物的遭难陷囚，梁山泊一批批人马参与营救行动，最重大的收获是一种“心理建设”——营救柴进使梁山泊意识更凝固、更“认同”化；营救卢俊义使梁山泊一群“草寇”忽然与大名府的贵族型人物交手，而不再自外、自卑于正道社会，增强了革命意识。

营救卢俊义之后，为了梁山泊主属谁的问题，宋、卢二人各领一支军去打一座城池。此役之后，一方面解决了虚悬的寨主大位的问题；一方面也解决了副寨主的问题——卢俊义正式以副寨主地位指挥梁山泊头领去攻打一个城市，而确立了他的地位。至此，梁山泊的成长正式完成，而接受石碣天文的天罡、地煞两榜一百零八人的整齐名单。

柴进、卢俊义上山，正副寨主定位，天罡地煞名单出炉，这三件事是梁山泊集团最后阶段（第四个阶段）的成长、壮大，也就是这个集团组织的完成。

这三件大事分别在不同方向、不同作用，建构了组织谋略之中的最高境界。一、柴、卢上山是心理建设与意识凝固；二、正副寨主定位是梁山体制与权力、职司的常规化；三、天罡、地煞两榜名单是上述两点的综合结果——一方面既是以天命宗教神权思想，再强化集团意识，一方面又以各人的“星宿”归属来确认其在集团中的地位与象征意义。

天罡、地煞名单，还有一个附带性的诠释作用不可以忽视。宋江、吴用为了巩固梁山泊集团，并且赋予革命意识，而采取大胆突破性的做法，强拉一位与山寨、山头意识、江湖人脉毫无渊源的卢俊义上山，同时又是正道社会的精华人物，要他做副寨主，难免有些格格不入、难服众人，这可说是一种“空降部队”方式的权力安排。而天罡、地煞却是真正的“天降”名单。在几百年前的传统封建旧社会，天命宗教思想深入人心的作用力是相当强固的。这个“天降”名单，一方面转移了那一百零五人（宋、吴、卢之外）的注意力，二方面又确立了他们这些众头领在集团中的地位，三方面强烈地暗示“天意”的安排，而使众人不敢怀疑卢俊义的地位。

只要卢俊义在梁山泊的地位巩固不动摇，则梁山泊集团对于正道社会对抗的过程中，便可产生极大的分化、号召力量，化解精华分子的敌意，甚至争取他们的同情与加入。这是革命团体或任何一个有积极信心闯天下的团体，对于整个人群社会的一个正大光明的立场宣示。古往今来，所有成大功的团体，都离不开一个基本的原理："有容乃大"。而"容"了之后，要能像"涓滴入大海"一样使各方势力完全融化进来，没有痕迹地凝结为一体。这背后就是一套完整、细密而深奥的组织谋略。本章对梁山泊集团的成长、壮大，先作一个平面式、一般性的观察，下一章以后，再逐层从不同的角度，作多样的分析、探讨。

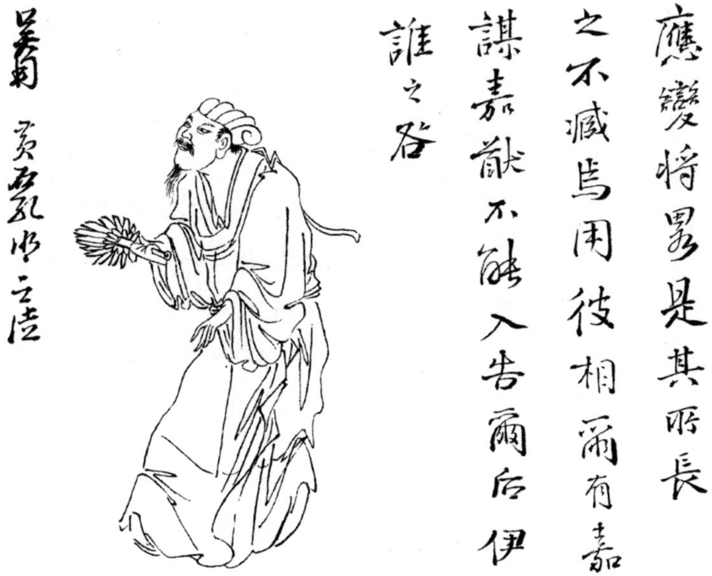

吴用

黄石孔明之徒

应变将略，是其所长。□（用）之不臧，焉用彼相？尔有嘉谋嘉猷，不能入告尔后。伊谁之咎？

第三章 梁山泊好汉的出身类别、成分

《水浒传》中最常见的一个笼统性的对于人物的指涉名词是“好汉”，所谓“江湖好汉”、“梁山好汉”。梁山泊一百零八位头领大都被称为好汉，《水浒传》整部书就是这批好汉加上其他的江湖好汉的一部活动史。“好汉”一词很容易上口，但其定义与范围常被忽略，而未能深入了解《水浒传》精神与梁山泊的特质。

好汉的定义与“当下即是”

“好汉”二字，由最简单、最寻常的两个字“好”与“汉”合起来。用这两个字结合为一个词汇的基本意义有三：一是简单而直接，是有普遍性，容易被接受，容易被确认；二是内涵的延伸性相当广；三是“当下即是”的精神。第三点很重要，整个《水浒传》故事发展与人物刻画，经常出现的，以及主要的脉络是一连串不停顿的、大大小小的、火辣辣痛快淋漓的行动。这些行动过程中的行动者——“好汉”们的行动特色与个性特质，就是“当下即是”。

佛学之中的禅宗思想里，有一种极高的境界就是“当下即是”。大哲学家牟宗三先生谈《水浒传》时，就曾说它富有禅宗思想。这是高层次哲学思想的观察。在实际的《水浒传》故事与各人的遭遇看来，面对冤屈、黑暗不平火辣辣地反叛、义气相投、侠义救助……都需要以“当下即是”的态度才能体现出“好汉”精神。

第一回史进为了江湖义气，当下即是，就放了被他擒获的陈达还给朱武、杨春。

第二回史进为了江湖义气，当下即是，烧了史家村，与少华山三盗匪迎战官兵，之后短暂落草，再亡命江湖。

第二回鲁智深得知郑屠欺侮金翠莲父女，当下即是，凑了银钱送他们返乡；当下即是，三拳打死了郑屠。

第六回鲁智深因林冲称赞他的武艺，当下即是，二人结义为兄弟；鲁智深当下即是，要帮林冲去打调戏他妻子的高衙内。

第十三回晁盖遇到刘唐被冤枉逮捕为贼，当下即是，假认他作外甥以救其脱困。

第十四回吴用说三阮加入打劫生辰纲行动，三阮当下即是，跳起来说：“一世的指望，今日还了心愿！正是搔着我痒处，我们几时去？”

第二十七回武松发配路经十字坡张青、孙二娘夫妇开设的黑店，差一点被蒙汗药麻翻了，武松警觉而先发制人，误会冰释之后，当下即是，武松与张青结拜为兄弟。

第二十八回施恩在牢中百般照顾武松，而有求于他去夺回快活林，武松当下即是，马上要行动，几次急躁地说：“你要人干事，不要这等儿女相！恁地时不是干事的人了！便是一刀一剐的勾当，武松也替你去干！……”“去便去，等什么今日明日！要去便走，怕他准备？”

第二十九回武松杀了张都监派来害他的四个人之后，思量道：“虽然杀了这四个贱男女，不杀得张都监、张团练、蒋门神，如何出得了这口恨气！”当下即是，又奔回城中，血溅鸳鸯楼，杀尽了奸官仇家。

第三十一回宋江夜走山路，被小喽啰捉去要剖胸挖心给山大王燕顺吃。临危时燕顺得知是江湖义士宋江，当下即是，割了绑缚绳索，率另两个山寨头领拜倒在地上。

第三十七回宋江初识李逵，为了吃鱼而李逵与鱼牙子张顺大打出手，被张顺扯入江中淹得满肚子水，宋江、戴宗给二人劝和，当下即是，两人结拜为兄弟。

第四十五回杨雄、石秀杀了淫妇潘巧云之后，遇到时迁一同上祝家庄酒店，因无酒食，当下即是，时迁偷了酒店的报晓鸡，杀掉煮来三人吃。

第四十八回乐和通知顾大嫂，她的两个弟弟解珍、解宝兄弟系狱，顾大嫂当下即是，就要去劫狱。

从这些故事情节大约可以归纳出“好汉”二字的定义了：在物质条件方面，好汉必须有超过一般人的“力量”，不论是原来的体魄（如武松、李逵）或后天的专技武艺（如杨志、林冲），甚至是奇特能力（如时迁的神偷）；在精神方面，好汉有三个特性，有不屈或反抗精神、讲义气、无牵挂。合乎这些条件的，不必尽是男性，江湖中女性的杰出者（如孙二娘、顾大嫂）不让须眉，也算“好汉”——这是广义的好汉。

好汉在人群社会之中的角色地位

上述在物质（体能）与精神两方面的综合定义来看好汉，除了哲学境界上，他们确实可以做到“当下即是”之外，在人群社会之中他们很容易成为“边缘人”。**先有超过一般人的生存能力，自然可以反抗、不屈，而经常因为义气行为，导致反叛或逃亡，却因为精神上的无牵挂，形成具有流动性质的自由度，不见容于人群，而成为“边缘人”。“边缘人”最后汇集到社会“最边缘”的“水边”——“水浒”。**

但是仅止如此，这些“好汉”的行为就常有出轨之处，常常不合社会正道，并且形成伤害性、破坏性。“好汉”二字常常是这批“边缘人”的“我群”意识的自许用词，正道社会不但不看“好”他们，而且根本以盗匪、为祸社会者视之。如果仅止如此，《水浒传》故事也发展不起来；也不可能蕴含这么博大精深的思想。那么就要从另一个角度来探讨。

金圣叹批《水浒传》，在第二回开头该回的主批文中写道：

> 一百八人，为头先是史进一个出名领众，作者却于少华山特地为之表白一遍云：“我要讨个出身，求半世快活，如何肯把父母遗体便点污了！”嗟乎，此岂独史进一人之初心？实惟一百八人之初心也！盖自一副才调无处摆划，一块气力无处出脱，而桀骜之性，既不肯以伏死田塍，而又有其狡猾之尤者，起而乘势呼聚之，而于是讨个出身既不可望，玷污清白遂所不惜，而

一百八人乃尽入于水泊矣！嗟乎！才调皆朝廷之才调也，气力皆疆场之气力也，必不得已而尽入于水泊，是谁之过也？

金圣叹批《水浒传》比过去诸家高明之处，在于他采取一种辩证式的立场：一方面不遗余力地阐扬梁山好汉的高尚精神（如一再称杨志的谨慎为“旧家子弟”），但另一方面又极力反对李卓吾等人以忠义精神称许梁山好汉——金圣叹这个矛盾立场统一在更深一层的“水浒精神”上，读来更为悲壮、苍凉。这更深一层的“水浒精神”，就是为什么“朝廷之才调”、“疆场之气力”、“不得已而尽入于水泊”？

好汉们在社会人群之中，一方面是一流的人才，本来可以为朝廷所用、报效国家、造福社会；另一方面却又因政治黑暗、个人遭遇以及野心者的拨弄，而成为杀人放火为害社会、最后上山落草的盗匪。

好汉们在人群社会之中角色、地位上的矛盾性，是他们的悲剧命运与洒脱个性的来源。这个矛盾的根本原因，究竟只是朝廷黑暗，还是另有野心者（如宋江、晁盖、柴进）的纠合“呼聚之”？这个答案《水浒传》并没有提出来，而只作故事的叙述。而这些故事，能引出金圣叹这样的思想家提出“是谁之过也”的悲痛问题，则是《水浒传》已然十分高妙地达到了它的文学使命。

于是可以平心静气地梳理出一个较深的道理，人群社会之中桀骜不驯的才俊者，最终竟不能为朝廷所用，而走上邪路落入

"水浒"之中，这是人类社会政治伦理的一大宿命。《水浒传》以一大长篇史诗性质的故事，把这个悲凉宿命，呈现给世人。

那么可以给"好汉"下一个较简单的定义：**他们是过人的才俊者，因而可以坚持正义而不向黑暗妥协，宁愿被命运摆布到"水浒"（水边）去！**

人才未适用的三种情况

金圣叹的批语之中说"一副才调无处摆划，一块气力无处出脱"，是好汉们的悲剧所在。其实，金圣叹在后文之中，已经说出了"摆划"与"出脱"之道了："才调皆朝廷之才调也，气力皆疆场之气力也。"而好汉们没有机会为朝廷所用，没有机会赴疆场施展本领抱负。金圣叹所叹息的"是谁之过也"这个答案，只要看过《水浒传》一遍的人，都能轻松答出是高俅为首的一帮奸臣贪官——甚至可以进一步地说，是宋徽宗皇帝包庇的高俅为首的一帮奸臣贪官。这就是所谓的"乱自上生"的大悲剧的来由。

好汉们的"才调"、"气力"不能为朝廷所用、不能投入疆场，可以分析为三种情况的演变发展：一受到冤屈，二失去正途发展的机会，三被野心者设计入彀。三种情况可以用史进一个人的早期故事说清楚。

史进因基于江湖义气烧了史家村，与少华山三盗匪共同抵抗官兵之后，为了不肯"把父母遗体便玷污了"，坚持不落草而下山去找他的师父王进，但始终没有找到，最后飘荡了许久仍旧上了少华山落草。这段故事开头是受冤屈（官兵受密报，不问青红皂白，要围捕史进与他的朋友少华山三盗匪），于是史进牺牲了史家村，也就牺牲了自己可以“讨个出身”成为国家良材的机会，而他在一开始就中了朱武的苦肉计，同他们三个盗匪结为朋友，就是金圣叹说的“狡猾之尤者”设计“呼聚之”的模式。

这三种情况，当然仍与昏君奸臣有关。因为奸臣当道、政治不清明，才会有种种黑暗冤枉。这些黑暗冤屈，小老百姓是忍气吞声的，但桀骜的才俊者必然要反抗。如林冲那样温厚稳重的人，高俅养子看中林妻美貌就一路迫害林冲到底，正如后来李逵所直言的“便是活佛也忍不了”，当然要反抗了。反抗当然免不了叛逆，而失去了正途，落到社会边缘，野心者就在那里等候着招纳他们——晁盖、柴进专一挥金如土，济助这些落难者。

整个《水浒传》讲的就是这些种种。但是“野心者”并不如金圣叹诋毁宋江那样的阴险狡猾。实际上，野心者本身常常也算得上是好汉，也受过冤枉，也失去正途的机会，宋江、柴进都有过这种经验。于是可以说，第三种情况——野心者的设计“呼聚之”，不如看成是一种众好汉共同的心愿与命运。梁山泊越聚越壮大，最后成为一个大集团，应该是这样发展出来的。

梁山泊好汉出身与成分十一大类型

梁山泊一百零八位好汉，来自社会的各个不同阶层、职业、领域，最后虽然因义气结合“上合星宿”，聚为一体，但是要研究、分析这个集团的成长、蜕变以及其组织谋略，仍要从他们的出身、成分来探索。

出身是原来的职业，成分则是其主要的社会角色地位。例如鲁智深原来出身是军官，但成分是和尚；武松出身是江湖单身人物，但成分是行者（头陀），两人都算成宗教人士。又如燕顺出身是马贩，但成分是盗匪；郑天寿出身银匠，但成分是盗匪，两人都归入山头盗匪类。

一百零八人共可以划分为十一大类：一、军官，二、胥吏与狱卒，三、地主富户，四、地方霸主，五、山头盗匪，六、黑店与酒店主，七、梢公与渔家，八、江湖单身人物，九、宵小，十、宗教人士，十一、扈从。

十一大类依顺序形成一个善恶变化的三段曲线：一至三类原为善类，四至七类原为恶类，八至十一类则为中性（可善可恶，或善或恶，时善时恶）。三段变化之间有过渡性的“灰色地带”。如由第三类地主富户过渡到第四类地方恶霸，其间有灰色地带；由第七类梢公渔家过渡到第八类江湖单身人物，其间又有灰色地带。

第一类：军官。有关胜、林冲、秦明、呼延灼、花荣、董平、张清、杨志、徐宁、索超、黄信、孙立、宣赞、郝思文、韩滔、彭玘、单廷珪、魏定国、凌振、龚旺、丁得孙等二十一人。

第二类：胥吏与狱卒。有宋江、戴宗、朱仝、雷横、杨雄、施恩、裴宣、蔡福、蔡庆、李云、乐和等十一人。

第三类：地主富户。有卢俊义、李应、杜兴、扈三娘等四人。

第四类：地方霸主。有柴进、穆弘、穆春、孔明、孔亮、史进等六人。

第五类：山头盗匪。有朱武、欧鹏、邓飞、燕顺、蒋敬、吕方、郭盛、王英、鲍旭、项充、李衮、马麟、孟康、陈达、杨春、郑天寿、陶宗旺、宋万、杜迁、李忠、周通、邹渊、邹闰等二十三人。

第六类：黑店与酒店主。有曹正、朱贵、朱富、李立、孙新、顾大嫂、张青、孙二娘、王定六等九人。

第七类：梢公与渔家。有李俊、阮小二、阮小五、阮小七、张横、张顺、童威、童猛等八人。

第八类：江湖单身人物。有吴用、刘唐、杨林、石秀、解珍、解宝、萧让、金大坚、安道全、皇甫端、薛永、侯健、汤隆、石勇、焦挺、白胜等十六人。

第九类：宵小之徒。有时迁、郁保四、段景住等三人。

第十类：宗教人士。有公孙胜、鲁智深、武松、樊瑞等四人。

第十一类：扈从。有宋清、燕青、李逵等三人。

梁山泊好汉成分类型的社会意义

以上十一个类型里，第五类的盗匪与第一类的军官，分别居人数的前两名（盗匪二十三人、军官二十一人，合计四十四人，占全体人数的五分之二）。他们是梁山泊的主体，同时也是其实力所在——可以上战场厮杀，对抗朝廷。

第一类军官，其中真正蒙冤的，只有林冲、花荣、杨志，其他人若非被宋江裹胁“逼上梁山”，就是在战阵上被俘，受宋江感召而投降，并且等待日后招安或重新立身疆场的机会。历来革命、造反者都要争取才俊之士变节投靠，而才俊之士为求自保，也会寻觅适当的安身立命之处，两者若能携手合作，就可闯出一番天地。

第二类胥吏与狱卒，最重要的是宋江、戴宗二人。他们俩属于知识分子型（裴宣也是，但地位不重要），其余则终日与囚徒为伍，他们深知民间疾苦与下阶层心声。宋江与戴宗的行为与活动，说明了传统社会士大夫政治体制之下，胥吏阶层苦无出头机会的野心表现。

第三类地主富户与第四类地方霸主，其实很难划分，如一百零八人之外的晁盖与柴进，都专门招纳囚徒与江湖亡命者，则其行为、立场与穆弘、穆春、孔明、孔亮的称霸乡里又有何不同？这两类人的最重大社会意义是在经济上的财富、土地资本，以及因此控制着人数众多的庄客，成为一旦落草为寇的预备部队——这要比军官落草只是一人而不带部队去，要可怕得多。这两类人虽然只有十个头领，但是祝家庄（提供了李应、杜兴、扈三娘三位头领）一两万人家所拥有的庄客数字，就是三十个小山头喽啰的总和数。

第五类山头盗匪最值得注意的是：他们大都原是中产小商人，因生意失败蚀本而以原来经商自保的武艺、武力，改为做盗匪的本钱。这一层与“官逼民反”无关，是另一种状况的“逼上梁山”，它说明了正道社会里的中产阶级或小资产阶级，在资本形式之下平日所蕴藏的反叛性与掠夺财富性。

第六类黑店、酒店是江湖“服务业”与情报网系统，其功能性大于实力，实力不足是他们下药杀人做人肉包子的原因之一。

第七类梢公、渔家，这是“水上黑店”情况，当然也有善类（三阮与张顺），则是“水浒”（水边）精神所寄托。

第八类江湖单身人物，其实可以再细划分为三个次类：知识分子（吴用、萧让、安道全），有武艺者（刘唐、石秀、薛永）与有专长者（侯健、解珍、解宝），赌徒闲汉（石勇）。这三种人的共同特性就是本章前面所说的“未被安置”的问题，他们也代表了江湖上人数最多、品类最杂的一群人。刘唐是第一个提出打劫生辰纲的人，吴用是梁山泊从头到尾的组织、策划者，可以看出其中的重大意义。

第九类宵小本是由第八类析出来的，因为“偷”这一行，在江湖、盗匪与正道社会二个领域之间，另有其生存之道与流动的脉络，而另备一格。

第十类宗教人士有两方面的重大意义，在社会的上阶层而言，革命、造反团体需要天命意识作为思想武装，一方面攻击官府，一方面统御、团结集团内部；在下层而言，革命、造反团体需要在正道社会心防较弱的低级阶层施放思想烟幕，进行煽动以及伦常解体的斗争。

第十一类的扈从，是个纯封建伦理的词汇，在现代社会没有什么意义。这三个人之中，宋清本是宋江亲手足，但无法归类，而宋江待之又不似亲手足，看来像扈从。李逵、燕青二人分别为宋江、卢俊义的扈从，一方面凸显了这两位正副寨主的封建性领导者的地位；另一方面这两位扈从忠于其主的精神已达到贯日月、泣鬼神的地步，从这里也可衬托出《水浒传》忠义精神的另一种面貌。李逵是整部《水浒传》之中第一粗鲁之人，而一片纯真忠于宋江；燕青是整部《水浒传》之中第一灵巧之人，而一片赤心忠于卢俊义。

十一类出身的好汉的心志比较

这十一大类的好汉，不论是任何方式上山，或受冤屈、或受裹胁、或受连累、或受提携……上山之后差不多有一个共同的心愿，就是借不断地壮大与征伐，最后能与朝廷分庭抗礼，而达到革命或受招安的目的。两个结果都是荣华富贵——追求这些本是人情之常。而两个结果都要付出重大代价，常常是牺牲生命，好汉们对此毫不犹豫、义无反顾，也就不愧为好汉了。

前面说“差不多有一个共同的心愿”的意思，是一百零八个人之中，还有极少数人是把这些“身外之物”的荣华富贵看得很开的。他们追求的是另一种价值，他们当初落草为寇，也因为追求的是另一种价值——人世间真正的正义。

这些追求真正正义的好汉们是：鲁智深、武松、燕青、李逵、公孙胜、朱仝、石秀……这些人。这是按心志等级分析的第一等好汉。

第二等是以军官与地主、霸主们为首的一批追求功名利禄的好汉。他们希望自己的才能、忠诚能报效国家、造福社会，而取得地位，青史留名，就如史进说的“讨个出身”。

第三等是一批攀附者，如杨林、汤隆、石勇、李俊、欧鹏集团、孙立集团、曹正、施恩……等奉献一已之力，以求得攀缘而上，追求荣华富贵。杨林追随戴宗，汤隆被李逵一叫就上山（上山之后不遣余力，“出卖”表兄徐宁），石勇捞到一封宋江家书就把大宋皇帝也不放在眼中……

第四等是在夹缝之中捞到机会，或一显身手，或紧抓关键，而混上梁山的，如时迁、侯健、蔡福、蔡庆……

这四等之外是无法列出等级的背后策划者，宋江、吴用、柴进等领导者。

虽然分为四等五类，却无碍于一百零八人个个是才俊之士，人人是不得志、未被正道社会栽培、提拔、造就的人。他们的出身、成分、心志不同，汇聚集合往一个共同的方向——梁山泊。这些才俊者，他们的心愿、共同的方向，以及梁山泊成长壮大的过程，还要加上一个中心——梁山泊的缔造者。

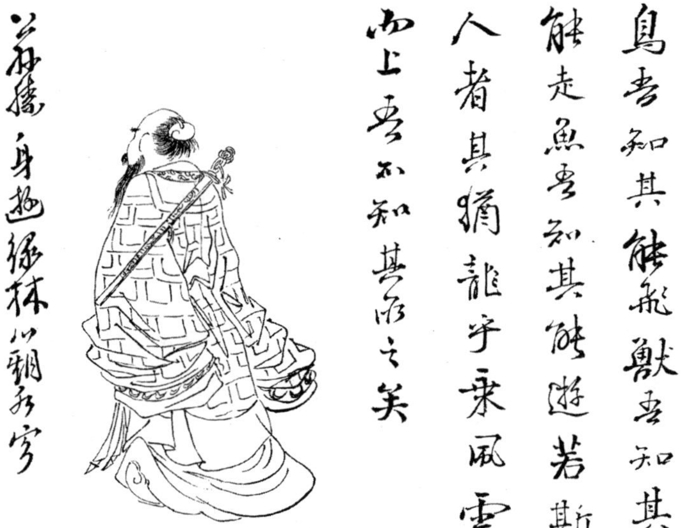

公孙胜

身游绿林，心期水寨

鸟吾知其能飞，兽吾知其能走，鱼吾知其能游。

若斯人者，其犹龙乎？乘风云而上，吾不知其所之矣。

第四章　宋江以下的梁山泊缔造者们

梁山泊好汉头领有一百零八人之多，出身成分可以分为十一种，上山落草的模式、途径各有不同。这个革命造反集团的汇集、成长、壮大，有十分曲折的社会背景、政治经济因素、人性问题、集团演变轨迹、组织谋略与人脉派系的融合、战阵的磨练与攻城略地的发展……这些种种蜕变、发展环绕着一个领导中心，梁山泊的缔造者。

梁山泊缔造者的分级、分类

梁山泊集团不是一天形成的，一百零八人是从不同的社会阶层、不同的职业领域，依不同的途径、模式，分别投奔或被裹胁上山的。这个复杂而漫长的演变过程有不同的阶段性质，同时也就有不同阶段推动梁山泊发展壮大的领导者、策动者。也可以说梁山泊不只宋江这一位缔造者。宋江是所有的梁山缔造者之中功劳最大、用心最多、最足以任领袖者。另外促成梁山泊成长的，至少还有柴进、吴用、晁盖、卢俊义等人，甚至李逵、朱仝、戴宗、曹正等人，都曾参与梁山泊的缔造工程。

这些领导者、谋略者、策划者、推动者……在不同的阶段、不同的时空环境，共同地朝一个方向前进——从正道社会分解出各种力量，把它推动、汇集到最终的梁山泊上。这些缔造者，可以分等级、分类型来观察分析，以便进一步了解梁山泊形成的复杂过程。

依等级来分，第一级的缔造者是吴用、宋江，第二级是柴进、晁盖、卢俊义，第三级是林冲、花荣、关胜等人，第四级是戴宗、公孙胜、曹正、朱武、朱仝、孙立、李逵等人。

依类型来分，全能组织领导型是宋江；谋略策划型是吴用、朱武、曹正；号召领导型是柴进、晁盖、卢俊义、关胜；社会宣传与江湖联络型是戴宗、公孙胜；关键契机型是李逵、杜兴、汤隆、侯健。

分析、比较要先从类型看起，这其中涉及不同模式、途径的问题，以及一些梁山发展阶段的脉络关键问题。全能组织型宋江，也就是依等级划分第一级的宋江，本章暂不讨论，因为本书后半部有三章以上篇幅专门探索、研析宋江的一切组织、领导谋略。号召领导型的晁盖、柴进、卢俊义，在第二章最后三节中已经略提过，这里引几段《水浒传》原文，来说明他们在号召领导方面对于缔造梁山泊的功能作用。

第十三回对于晁盖的描述：

> 那东溪村保正姓晁名盖，祖是本县本乡富户，平生仗义疏财，专爱结识天下好汉，但有人来投奔他的，不论好歹，便留在庄上住；若要去时，又将银两赍助他起身。最爱刺枪使棒，亦自身强力壮，不娶妻室，终日

只是打熬筋骨。……人皆称他做托塔天王。晁盖独霸在那村坊，江湖上都闻他名字。

第八回借江湖酒店主人之口对柴进的描述：

俺这村中有个大财主，姓柴名进，此间称为柴大官人，江湖上都唤做小旋风。他是大周柴世宗子孙，自陈桥让位，太祖武德皇帝敕与赐他“誓书铁券”在家，无人敢欺负他。专一招集天下往来的好汉，三五十个养在家中。常常嘱咐我们：“酒店里如有流配来的犯人，可叫他投我庄上，我自资助他。”……

第五十九回卢俊义的社会地位，是由大名府的住持大圆和尚提起“河北玉麒麟”，宋江亲口说：

北京城里有个卢大员外，双名俊义，绰号玉麒麟，是河北三绝。祖居北京人氏，一身好武艺……大名府第一等长者……

柴、晁、卢三人都是以巨大的财富为基础，形成其个人的号召力，与宋江类似。

关胜的号召力来自他在朝廷军官集团之中的威望（这又与他为三国关云长的后代，同样也使用大刀有关），以及由蔡京亲自提拔，拜为上将。六十三回宋江为诱捉关胜，曾压下林冲、秦明等大将，又使大将呼延灼对关胜诈降，都是因为关胜在军界的声望及号召力的缘故。

但号召、领导功能必须再依靠谋略策划，才能竟其功。柴进的江湖号召力是第一级的，与宋江等量齐观，但缺乏其他条件，所以十分脆弱，遇到高俅势力迫害，一下子就陷入囚狱之中了。宋江组成梁山泊，从头到尾都倚重吴用，可以看出谋略策划的重要性。

从朱武与曹正说起

谋略策划者，吴用的那部分与宋江密不可分，并且长期伴随梁山泊的成长，留在后面第九、十章深入探讨。这里先谈朱武、曹正这两人。

神机军师朱武与操刀手曹正，在梁山泊之中的地位都不高，都在七十二地煞之中，曹正尤其地位低，排名在地煞的后半段。这两人值得一提之处是，他们都是梁山之外的具有代表性的山头策划者，而且其所用之计都具有典型范例的特性。

《水浒传》第一回，少华山三头领之一的跳涧虎陈达被史进活捉之后，朱武就同杨春商议要用苦肉计来救陈达，因此二人徒手赴史家村对史进下跪就擒，求一同受死，果然史进“大虫不吃伏肉”，寻思“他们直恁地义气！我若拿他去解官请赏时，反教天下好汉们耻笑我不英雄”，而放了三人回少华山，从此结为朋友。到后来史进受这三盗之累，竟然放火烧了史家村而流亡江湖。

朱武这一条苦肉计，高明之处是以生命作赌注，并且把这赌注押在史进的人品修养上——史进是《水浒传》第一武德军官王进调教出来的，当然以义气为重，于是朱武用计成功。朱武此计从小处看，是金圣叹一再称赞的少华山小格局也有一流人才，一再称赞朱武得以当上七十二地煞星之首（排名在他之后的有十名军官之多）。从大处看，这是《水浒传》开宗明义点明了义气与设计脱困是江湖好汉的主要生涯。后来宋江、朱仝私放晁盖集团上梁山，施恩笼络武松夺快活林，孙立集团大劫牢而上梁山，三山聚义打青州，都是这个基本模式的演进发展。

十六回操刀手曹正设计由杨志、鲁智深二人合演诈降戏，而杀了邓龙，夺取二龙山，仍是朱武苦肉计（自缚受降）的蜕变形式。曹正值得提出来单独讨论的理由有：一、他是徒弟扈从地位的人，布局设计由师父级的人去执行，已可看出具有吴用谋略之风；二、二龙山三好汉（后来武松也上山）是梁山泊大集团之外，实力最强、最具独立性的山头，而邓龙心狭不容人也落得横死，又类似王伦。后来上山的张青与曹正本人都是开黑店卖酒食者，很类似梁山泊朱贵酒店情报功能的特色。曹正如吴用、二龙山似梁山泊具体而微，说明了山头主义往梁山泊模式发展的必然性。

戴宗、公孙胜等人的宣传、联络功效

革命、造反、打天下是个长期的、大规模的冲突、对抗过程，除了号召、组织、谋略、攻城略地、裹胁掠夺之外，还有一个重要的宣传、联络工作。这里的宣传，与领导人物的号召有重叠之处，但不尽相同，它还涉及敌我双方的心理作战问题。而革命团体在成功或被招安之前，其宣传都属非常态进行的，所以要以联络工作与之配合。

宣传、联络工作并不只戴宗、公孙胜两人。实际上，宋江就为自己宣传过，那首“耗国因家木，刀兵点水工”，就是宋江自己散布出去的惑众谣言；而宋江在江州系狱之前，一直保持在江湖走动，一直在做联络各路人马的工作。此外，如石勇替宋江弟弟送信来就是重要的联络工作。石勇一出场就狂言“天下只让得（宋江、柴进）两人，其余都把做脚底下泥”，就是一种不着痕迹的江湖宣传——他这话是在江湖人物穿梭不停的酒店中说的。而《水浒传》各重要人物的重大事件（如林冲上梁山落草、宋江杀烟花妇、武松打虎、江州劫牢……）都立即传遍江湖，这也是另一种形式的宣传，其中也有联络存在。

这些宣传、联络，对于“江湖伦理”与江湖意识（反朝廷意识）具有相当的酝酿、催化作用，对于江湖人脉也具有汇合、聚集的作用。这是一层极为重要的无形力量。在没有现代报刊、电视、广播等媒体的古代，江湖上借人口传人耳的原始宣传、联络，是具有相当影响力的。

宣传与联络，特别举戴宗、公孙胜二人，这与他们的特殊专业技能有关。戴宗会神行法能日行八百里，公孙胜能呼风唤雨、腾云驾雾——这些表面上是小说中的神怪魔幻笔法，却暗示在现实社会中另两种实际情况的对应。

神行法象征类似现代的机动交通工具（车、船、飞机、电讯系统），可以在极短时间内把消息或文件送到远距离之外。戴宗能日行八百里的神行法，暗示他在江湖隐藏的下层分子中，有一套类似驿站脚夫的秘密传讯系统，极迅速而有效地隐密传递消息。公孙胜呼风唤雨、腾云驾雾，显示他的高级道士的身份与能耐，在江湖上的宗教社会之中有相当的宣传性影响力，而可以在必要时刻，引发巨大的隐藏着的潜在力量。

这两种隐藏、潜在的不可测的力量，是革命、造反团体所必备的。因为对于正道社会的对抗，当然有力量对比悬殊的问题，于是要借重非常态的力量。这两种方式所能汇合聚集的力量（如戴宗行神行法时被杨林看到而来投靠，后来又引邓飞、孟康、裴宣三人入伙；公孙胜收伏樊瑞等三人上山），是另一种难以推算预测的状况。

关键时刻发生作用的人

"谋事在人，成事在天"，所有谋略、策划、人脉安排、人心归向、敌我斗争……最后成功一件事，汇合一批人马，还有赖于关键性的变化，这其中又有关键性的人物在关键时刻推动一把。

例如：第四十六回一打祝家庄，最初是李应的总管鬼脸儿杜兴，因为杨雄过去有恩于他，而一开始就心向梁山泊这一边，已经形成了祝家庄三家联防体系在心防上的缝隙，后来演变成李应同祝彪冲突而联防解体，无形中已削弱了祝家庄真正的力量——地方乡勇的联保意识。

又如第五十五回宋江要破呼延灼的连环马，需要赚取金枪手徐宁上山，正巧李逵带上山的铁匠汤隆是徐宁的表弟，于是一场时迁盗甲赚徐宁上山的好戏上演。这一段为梁山泊增加力量的过程，汤隆发挥关键效用。

还有最重要的江州劫牢之后，第四十回宋江要打无为军报仇，但孤军深入江州，又不明地形，是相当危险的冒险做法。但是薛永引来的侯健，竟是在宋江仇家黄文炳家中做裁缝的，这就是打无为军致胜的关键了。

至于李逵，可说长期扮演关键人物的角色。第三十九回梁山泊好汉远赴江州劫牢之后，白龙庙小聚义“二十九筹好汉各各讲礼已罢”时，小喽啰急报城中军马追来，这时李逵立即“大叫一声：‘杀将去！’提了双斧，便出庙门”。而晁盖接着指挥众头领大战官军。打退官军，到穆家庄休息宴饮，众人谈到方才兵荒马乱中的危急，李逵说：“我自只拣人多处杀将去，他们自要跟我来，我又不曾叫他。”这些文字描述，暗示李逵对梁山泊的发展方向有引导作用。

但是，李逵这样一个粗鲁莽撞的人如何“引导”梁山泊发展呢？且看接着的故事：穆家庄休息之后，宋江坚意要报仇，于是再打无为军杀掉仇人黄文炳，得胜归来，宋江突然跪下，要求众好汉一同上梁山（主要针对江州附近的揭阳三霸，原来并非梁山泊好汉）。说言未绝，李逵先跳起来，便叫道：“都去！都去！但有不去的，吃我一鸟斧，砍做两截便罢！”

虽然宋江连忙喝斥李逵粗鲁，而众好汉也志愿一同上山，但是在瞬息万变的情况下，加上梁山泊成长一直是成批的人上山的情况，人脉派系极为复杂，稍一不慎便遗下后患。这种关键时刻，李逵的童呆式“划一主义”，竟然因为他的粗鲁无文、毫不掩饰、一派天真无邪而促成了梁山泊汇集各方江湖势力，众志成城，别无二心。

《水浒传》的作者，似乎刻意安排李逵这种赤心如孩童般的无机谋者，作为宋江以大公大义缔造梁山泊的重要关键助手：第五十一回李逵在柴进庄上失手打死高俅堂兄弟的妻舅殷天锡，引出梁山泊集体营救柴进的大戏；第五十二回李逵与罗真人交手的令人发噱的神魔故事情节，由戴宗说出了李逵的最大长处在其纯真无邪对于宋江，而感动罗真人，说出了天命助宋江成大业的话。

吴用缔造的“小梁山泊”

梁山泊的缔造者依不同类型分析之后，再回头来看依等级层次的分析。前面对于第二级的柴进、晁盖、卢俊义与第三级的林冲、花荣、关胜已作过讨论，现在谈第一级的吴用（宋江仍留待后面更高层次的探讨）与第四级的各种不同情况的众人。

在第二章曾谈过梁山泊共有四个阶段的发展壮大，第一阶段就是晁盖、吴用等人因打劫生辰纲而上梁山泊落草。这个阶段以及其建立基本模型，实际上是吴用一手策划计谋的结果。

这个阶段梁山泊的发展，从一开始设计打劫生辰纲（又可以分成两个部分：一是集团成员的纠合组成，二是打劫计划的设计，都是吴用的谋略），到后来事发被官府追捕而决定上梁山，以及上梁山之后利用原来其内部的矛盾（王伦猜忌林冲）而夺取地盘与领导权，整个过程都是吴用的全盘计划。

吴用这一套全盘计划，值得细加玩味的地方有三点：一是每一个步骤都经过精心设计，而吴用在旁以轻松自在的方式一步一步地导演成功，简直可比诸葛亮；二是每一个步骤（从一开始诱说三阮）都是危机重重，而吴用能从危机之中不断创造新机，开拓新阶段局面；三是在“生辰纲”被刘唐提出来之前，吴用早就同三阮建立了深厚友谊，早就设计好要借这批“水军”的力量去占据“水边”（“水浒”）的梁山，等到一有机会江湖好汉要制造打劫生辰纲事件时，吴用就势顺势，缔造了“小梁山泊”。

“小梁山泊”是针对后来大批好汉上山而发展、壮大的“大”梁山泊而言的。但是吴用、晁盖夺取梁山泊之前的王伦时期，为什么不称“小梁山泊”，而必须等到晁盖集团上山之后呢？这里有一个“基本模型”的问题存在：王伦时期，梁山泊同其他的二龙山、黄门山、少华山等山头并无不同，并不具有《水浒传》精神的梁山特色，而必待吴用、晁盖打劫生辰纲“替天行道”之后才有，而其格局规模只见雏形，所以称“小梁山泊”。

吴用缔造“小梁山泊”的“基本模型”，其特点是什么呢？又为什么叫“基本”、“模型”呢？可以分几方面来说：一、梁山意识；二、成员的成分与组成；三、实力；四、社会基础；五、反抗正道社会的实际状况。

梁山泊“基本模型”分析

第一点“梁山意识”就是“官逼民反”与“替天行道”的思想武装。这是其他各山头较微弱或不明显的地方。晁盖、吴用集团之中，三阮长期受官府的冤气，以及刘唐一出场就被冤枉为贼而被雷横逮捕，都是突出“官逼民反”意识。至于打劫生辰纲，则是摆明了的火辣辣的“替天行道”的对官府的挑战（生辰纲的受礼者是在朝中权倾一时的太师蔡京）。吴用纠合了“官逼民反”的三阮与刘唐，再精心设计打劫生辰纲，向江湖与正道社会宣示了“替天行道”的基本宗旨，再顺势上了梁山。这个模式，是传统封建社会之中的革命、造反典型。

第二点晁盖集团成员的成分与组成。晁盖本人是农村地主兼保正，但心怀不轨，专门收纳江湖好汉与亡命人士（注：刘唐来投奔他，不慎被雷横逮捕，晁盖竟能设计当场解救这位江湖闯荡者），是个具野心而有财力与地方声望的领导者；三阮是有专长实力而长期怨恨官府的小民的代表；刘唐是江湖好汉武艺实力型的代表；公孙胜是宗教人士具有天命意义背景；白胜这位闲汉则是所有最可怜的社会边缘人的代表；吴用是知识分子谋略家。这几种人的出身成分，已组成了一个准革命团体的雏形。他们要发展革命事业，已经具有革命精神（“替天行道”的梁山意识），又打劫了生辰纲而取得巨大财力，只欠缺一样——破坏攻击正道社会的实力。

第三点的“实力”来自林冲。火并王伦的林冲，出身正规军精华的禁军教头，他的武艺在柴进庄上已略露了一手，后来梁山泊大小阵仗，林冲表现的是一流的武艺。林冲火并王伦而拥晁盖为主，把梁山泊拱手让给晁盖、吴用集团，除了大公无私、“梁山泊属天下人”的精神意义之外，最重要的一点是他出身朝廷一流军官的实力，而真正为梁山泊所用（此前被王伦猜忌、压抑）。

林冲这个“基本模式”演变出后来花荣、秦明上山，以及后期的呼延灼、关胜、索超、董平、张清等的实力派军官上山。

以上三点是“小梁山泊”本身的组合形成，但还要再看它具有的社会基础，才能断定是否能发展壮大。第四点的社会基础，要回头再从成员出身成分上分析。

晁盖是地主而以财力建立地方势力与江湖声望，这个模式在整个《水浒传》，不但曾翻版了宋江、柴进这两位同类型、同等级的野心分子，而且还有穆家庄（穆弘、穆春兄弟）称霸揭阳镇，孔家庄（孔明、孔亮兄弟）为恶青州城外乡野，此外“扑天雕”李应与“九纹龙”史进都是类似的情形。晁盖是这批有实力、有野心、有江湖意识，而等待机会起事的农村地主们的代表。**其社会基础意义是：在朝纲不振、贪官污吏横行之下，被压迫的基础百姓之上，有一批这种半游离的中产阶级，已准备好了在黑暗时代待机而动，有一天要挺身出来“替天行道”。晁盖、宋江、柴进等人仗义疏财，建立声望，结交江湖势力，就是平常无事时的“准备阶段”。**

三阮代表的是社会死角与隐藏不见的地方，可以开发出来的潜力。平常被正道社会遗弃或糟蹋，但这是革命、造反者最雄厚的群众力量的来源。白胜比三阮更低一层，在于这位无业游民更具有隐藏性，以及在经济生活上的更脆弱可怜，是广大的社会畸零人的抽样——这种人有机会上山“替天行道”，将形成梁山泊对广大下层社会的无比号召力量。

公孙胜是中国传统社会之中，革命、造反者最常见的发动者——原始宗教力量的代表。其对所谓正道社会的负面作用，在平日安定的状态下看不出来。一旦社会动荡解体，历史上的黄巾起义和元末农民暴动，就是他们这一派人的杰作。这种社会基础具有精神吸引力，以及对正道社会伦理体系的破坏性。

刘唐这位来去自如、身怀不凡武艺、个性率直坦荡而毫不畏惧、敢做敢当、义气为尚、挑战官府（打劫生辰纲是他最先提出来的）的典型好汉，是梁山泊集团主要组织骨干的抽样代表。**他们在武艺实力上比军官们略逊一筹，在大阵仗上不容易有一流的表现，但是在平常，在江湖意识、江湖流动性、江湖人脉的联络性、个人主义对正道伦理解体的侵蚀性、“当下即是”火辣果断的行动性、义无反顾的叛逆性、追寻梁山浪漫理想境界的英雄主义……上，他们是最引人惊心动魄、最令人拍案叫绝、最博人欢喜激赏的一群“好汉”。他们是构成梁山泊的主体骨干，梁山泊是属于他们的乌托邦。**社会各个角落，流落着各种各类如刘唐这样有本领、个性坦直可爱而不被正道社会所用的人，是梁山泊之所以成为梁山泊的最大社会基础。

最后一点，反抗正道社会的实际情况，却迂回地出现在宋江、雷横、朱仝这三位当时并未加入上山的人。这三个人的共同点有两方面：一方面他们都是吃公粮，负责地方政府治安的公务人员；另一方面他们都与晁盖有深厚私交。而他们都在关键时刻，为了私交而弃置封建国家法度与社会安危，把朝廷要犯晁盖放走。这个“典型模式”可以看出来《水浒传》中那个时代的社会，在贪官污吏横行之下，中下层公务人员“平常无事”时心中已无国家朝廷，一旦有事则是江湖义气的私交放在国家法度之前，这是所有山头与好汉反正道社会的斗争之中，长期存在、最有力而又无形的一大协助力量。革命、造反的成败，未必决定于革命或被革命的一方，而是由“第三者”的“旁观者”决定的，这仍是“水则载舟，水则覆舟”原理。这一层的社会基础是更深层的梁山泊能成功的背景因素。

江湖义气凌驾并取代了正道伦理价值，在后来的孙立集团叛变，以及各军官被裹胁上山，有更进一步的发展。而宋江、朱仝、雷横的私放晁盖要犯，在《水浒传》开始第一个山头、第一个庄园——少华山三头领与史家村史进的关系上，已经“开宗明义”地说得很清楚了：江湖义气，可以牺牲一个辛苦经营了几代的大庄园，只为了在官军围剿之下，放走几个义气相投的草寇。

其他零星的梁山泊缔造者

一个复杂而庞大的人群集团的组织构成犹如一座大厦，在栋梁、骨干、设计规模、美观装潢之外，还有一层最根本也是最不可或缺，但又不易显露出来的泥沙砖瓦木材的部分。在梁山泊而言，就是第四级的众多缔造者，从四面八方不同的人群领域、不同的事件过程，共同促进了梁山泊集团底层建构的结实基础。

第四级的梁山缔造者的共同特性是，他们原来并没有强烈的企图或野心方向，而多半是在偶发情况之下，顺势使力，而成就了一些关键事件，有助于梁山泊的汇聚成长。他们对于缔造梁山泊的意义在两方面：**一是偶然性的机率永远比必然性大得多，而形成了梁山泊成长机会的多样性与高机率性；二是不必有企图、野心也能成事，就使得次级、第三等以下的江湖好汉都“心系梁山泊”，而无限扩大了梁山泊成长发展的基础**。所以，他们就像一座大厦之中的泥土、砖块一样——为数众多，身为基础而不易被察觉。

这些零星行动、策划、事件演变的缔造者，戴宗、公孙胜、曹正、朱武、李逵的实例，前面都已谈过，这里要突出讨论的是朱仝与孙立集团。

朱仝与孙立集团是完全不同的事件模式，但有其共同点：对于正义与义气的辩证（矛盾统一）观点。

梁山泊的成长与整个《水浒传》故事，以忠义为中心思想与基本精神。其实作者的用意，却是以描述各种不同状况，来探索“忠”与“义”的内在矛盾及其统一问题。例如忠与义之间是否有矛盾？对朝廷“忠”与对朋友“义”，若发生冲突时如何解决？又如忠于梁山泊与忠于朝廷如何解决？对一个朋友讲义气，对另一个朋友也讲义气，两个义气发生冲突时怎么解决？

朱仝头一次在奉命围捕被通缉的晁盖时，就动了手脚私放他走，后来对犯案的宋江也是如此，这是把朋友之间的“义”放在对政府职务的“忠”之上。但是到了五十回，第三次为义气救朋友——又私放了雷横，而轮到自己当阶下囚时，宋江得知了就派吴用、李逵来设计救朱仝上山，结果李逵杀死重新提拔朱仝的知府的四岁儿子，使得朱仝上山之后一定要找李逵算账。

朱仝三次“以私害公”，为了“义”而不顾“忠”，私放了触犯法条的好友。第三次放雷横尤其感人，只因为雷横有老母，其人又大孝，朱仝拼了自己前途去做囚徒也要救雷横。但是区区一个知府的小孩，被李逵失手杀死，朱仝为何要以性命相搏呢？这并不是朱仝忠于对他提携的知府，而是他判定宋江这个取他上山的计谋方式“不正义”——杀一个无辜的四岁小孩。

朱仝过去三次私放朋友皆有其合于正义的判断，并非纯系朋友义气。第一次私放晁盖，因晁盖集团打劫生辰纲本来是件“替天行道”的事，为此事被围捕，朱仝当然要放他。后来宋江杀烟花妇也是那阎婆惜自己淫邪之故，宋江罪恶不大，朱仝私放他也合于正义。最后放雷横是为了孝道，更是高明。这三次私放，都对梁山泊的缔造有些零星、侧面的功效，也都是偶发的机会性事件。

而朱仝在本身被宋江设计取上山的过程中，对于无辜小衙内的被冤杀要争正义到底，**对于整个梁山泊在对抗正道社会时的正义内涵问题，提出了一个严肃的诘问。**

这个诘问，其实在此事两回之前的三打祝家庄，孙立集团的劫牢投奔梁山泊立功时已经提出了答案。

孙立、孙新为了救孙新的妻弟解珍、解宝兄弟，而纠合了邹渊、邹闰，连同孙新妻顾大嫂、乐和、孙立妻乐大娘子，结成一个集团，劫牢救出二解之后投奔梁山泊，而为了建立功劳，正好碰上宋江打祝家庄，孙立就扮演了“第五纵队”，假装协助其同门师兄（祝家庄教师）栾廷玉对抗梁山泊，结果却因此破了祝家庄而出卖并且杀了栾廷玉。

孙立这两段行动，前一段是为了亲戚而抛弃了国家法度与自己官职前途，后一段是为了能上梁山而毁坏了江湖道义。如果前一段是以“义”取代“忠”，则后一段就有“义”本身的矛盾。如果前一段的出发点是为了二解兄弟被人设计而受冤，则祝家庄因栾廷玉而被孙立设计整个毁灭，是更大的冤。孙立集团这两段行动，在正义上充满了内在矛盾，完全站不住脚。

这个内在矛盾只有一个化解的答案：缔造梁山泊是最高、最大的正义，除了招安之外，一切都在此之下，这是一个“大义”

与“小义”的问题。这个答案也解答了朱仝的困扰，取朱仝上山是为了梁山“大义”，当然可以牺牲对小衙内的“小义”了。

由于梁山泊最高正义的存在，所以有零星的、侧面的、偶发的、或然的……各种促进缔造梁山泊的人或事。这个最高正义当然还是前面所说的“替天行道”，既然已经连“天”都可以代“替”了，其他任何正义、道德自然就不在话下了。

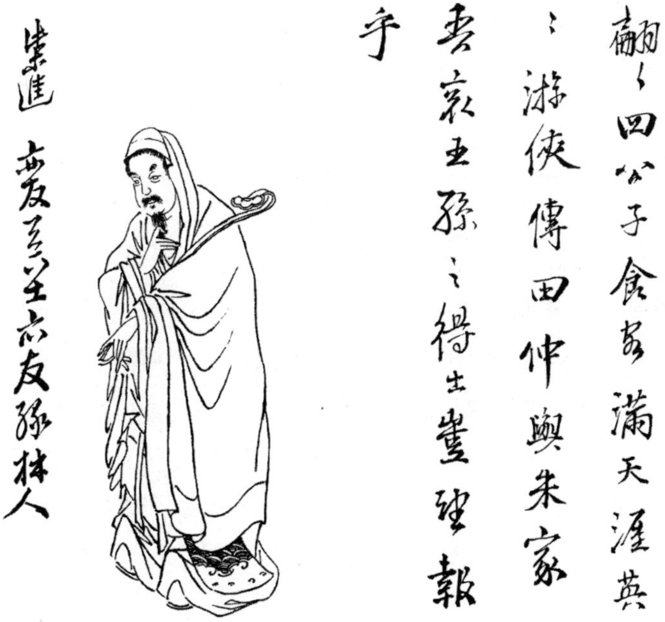

柴进

亦友天下士，亦友绿林人

翩翩四公子，食客满天涯。英英游侠传，田仲与朱家。吾哀王孙之得出，岂望报乎？

第五章
好汉们落草上梁山的途径、模式

金圣叹批《水浒传》时，所提出来的一个重要问题：为什么一百零八位好汉这种才俊之士，会沦落到水泊里去做盗贼？这是所有《水浒传》的读者都会产生的想法与关怀。这个问题的答案早就摆明在《水浒传》之中，而用两种互相衬托的方法写出来：一是楔子故事里就安排了庸官洪太尉失误，放走了原来被镇锁在上清宫伏魔殿里的妖魔星君，他们投胎之后就是那一百零八人；二是奸臣高俅从迫害王进、林冲开始，到蔡京纳贿引出晁盖劫生辰纲，后来蔡京之子蔡九知府逼反宋江，说明了朝廷奸臣逼迫出革命、造反势力。也就是用神话现象与现实描写的双重手法，提出了“乱自上生”的答案。

但是“乱自上生”并不单纯是个简单的善恶二分法就可以解释清楚的。因为广大中下阶层的被统治者，被逼得要起来革命、造反，若没有一套组织谋略则仍是一盘散沙、一波波盲动流民，不可能成就大事业，也形成不了“水浒”故事。基本上梁山泊的形成是以“乱自上生”为基础，加上任何社会原有的良莠不齐的各种因子，再由野心谋略者趁势号召、聚合、组织，而最后汇集成庞大的梁山泊集团。

从一百零八人的各种不同出身、遭遇与落草为寇的途径，来分析归纳其各种状况的模式，再从模式的演进与阶段变化，就可以梳理出整个梁山泊逐步形成的梗概大要，再从其中找出组织谋略的原理所在。

梁山泊好汉们落草的模式大概可以归纳为八种，这八种有其阶段、层次演变性的意义：一、原始型的欲念冲动；二、受冤屈走投无路；三、义气提升而超越所谓正道社会；四、“替天行道”正式叛变；五、扩大牵引号召江湖；六、攫取社会精英；七、机会性普及招纳；八、夺取正道社会的伦理价值体系。分别剖析于后。

原始型欲念冲动的落草方式

所谓“原始型”是指并不一定在《水浒传》里，而是在任何正常人类社会都可能发生的，因为个人的失败、挫折、贪欲、仇恨、不平、邪念……铤而走险。

梁山泊第一代的头领王伦就是这种情形：“……因鸟气合着杜迁来这里落草，续后宋万来，聚集这许多人马……”又如：开头少华山的朱武、陈达、杨春，水浒故事没有特别说明他们当初落草的原因，也可以归为这一类。第四回桃花山的李忠、周通也是同样情形。三十一回的清风山三好汉，燕顺经商失败算是个人失败受挫；王英赶车“见财起意，就势劫了客人”，后来越狱落草，属于贪欲、邪念；郑天寿是银匠而流落江湖，也是失败受挫。三十四回对影山的两个少年盗匪，吕方是贩生药“消折了本钱”，郭盛是贩水银翻船蚀了本，都是失败、挫折的例了。四十回黄门山的四好汉欧鹏、蒋敬、马麟、陶宗旺，只提到为首的欧鹏因为“守把大江军户，恶了本官”，算是挫折加上仇恨。四十三回饮马川的三头领：邓飞没有说明落草原因，孟康则是官府催逼他造船，怒而“把本官一时杀了，弃家逃走在江湖上绿林中安身”；裴宣则是受冤屈发配而被邓、孟二人打救上山，算是不平的问题。五十七回孔明、孔亮兄弟“与本乡上户争些闲气起来，杀了他一家老小，官司来捕捉得紧，因此反上白虎山，聚得五七百人打家劫舍”，是个典型的仇恨事件。五十八回的芒砀山三强人樊瑞、项充、李衮，是混世魔王樊瑞会使用法术而占山为王打家劫舍，算是邪念型。

这个模式里的盗贼好汉，与“乱自上生”或“官逼民反”没有什么直接关系，而是任何社会难免发生的、伦理道德难以尽善尽美之下的莠民。只要社会能维持秩序伦常，官府力量自然有能力把这些草寇剿灭。

然而一旦正道社会本身发生问题，官逼民反情形逐渐增多，个人失败、贪欲、邪念落草的，不如不平者来得多时，这一批草寇得到更优秀者的支持、加入而率领他们发展壮大起来，就会成为心腹大患。

这些一般社会都可能有的盗匪，虽然“原始”，但究竟是绿林强人，仍有在江湖个性上与大山头（如梁山泊）相类似的特性——义气。少华山、桃花山的义气之外，连对影山吕方、郭盛原来敌对比武也是一种义气，为了两人使用同一种兵器而可以比划出真正的高低，郭盛远自黄河赶来对影山要同吕方决胜负，这是一种英雄惺惺相惜的本意。清风山燕顺与王英收留郑天寿，就是因为他有本事同王英斗五六十回合不分胜负之故，邓飞、孟康打救裴宣是同样的理由。

这个心理与意识，说明了一个基本要素，不论山头大小、好汉武艺高低、能否成得了气候，他们都需要一套可以同正道社会对抗的“我群意识”。江湖义气实际上分为两个层次：一个是正义、侠义，一个是义气相投。前者属于鲁智深、武松的高层道德，后者属于所有江湖、山头好汉。如果没有前者参与，后者常是一群乌合之众，如王伦说的“因鸟气合着杜迁来这里落草”，要剿灭不是难事，因为他们这一套“我群意识”还只停留在团结自保的层次，既撼动不了正道社会，也号召、聚合不了江湖各山头。但是如果“官逼民反”过了头，如果“乱自上生”，使大量的俊杰怀才不遇、流落江湖，甚至受屈，他们加入各山头就是如虎添翼而后患无穷了。

受冤屈走投无路

这个模式值得深入分析，要划分成两个部分，受冤屈、走投无路分成两种情况。道德修养高尚的英雄好汉，多半是两种情况加在一起才会落草。如：林冲受尽冤屈也不愿意落草，后来实在走投无路（高俅对他的迫害好像是无尽期的）才投梁山泊的。杨志、鲁智深、武松三人是这个模式中的典型代表，二龙山的最深意义在这一层是金圣叹所没有看出来、点出来的。武松受的冤屈，令人洒一把不平同情之泪；鲁智深的冤屈因为他当下即是的发作，令人拍案开怀大笑，虽然笑中有泪；杨志的遭遇，由于他的个性拘谨慎重而看不出冤屈之深。**其实杨志的沉沦遭遇表示了整个社会的沉沦，那是无泪可哭的悲痛。**

林冲与二龙山三好汉的冤屈与走投无路，说明了两件事：国家俊彦才杰的受屈与旁置不用，以及这些一流人才投入盗匪之后对于正道社会的撼动能力。

这一模式的英雄好汉，与第一种“原始型”不同之处在于：**林冲、武松、杨志、鲁智深他们不容易有“我群意识”，他们是独来独往追求高尚人格、高尚行为、高尚社会的超级英雄，他们的自我追寻高等价值的意念极强，并且自我砥砺达到信仰的地步**。武松“拳头只要打天下硬汉”，鲁智深肚饥之极夺得一锅粥，但听说瓦官寺众老僧几天没吃饭了，他立即舍粥而去。他们的品格、修养引导出他们轰轰烈烈、惊天地泣鬼神的英雄行径，使江湖好汉的世界注入了伦理道德的正面意义，以资对抗正道社会。

义气提升而超越正道社会

“原始型”草寇的义气只是我群意识，层次不高，而且内涵不充实。受冤屈的高尚英雄林冲、武松、杨志、鲁智深等人，道德层次极高而义气的内涵也相当丰富，但独来独往，不易形成集体意识与力量。这两种情况一旦结合起来，所产生的高层次巨大力量，就能做出惊天动地的事来。孙立集团，“清风山、清风寨集团”，是这个模式的两个例子。

上一章结尾，特别提到孙立集团在缔造梁山泊过程中的重大意义，也特别说到这个集团的“义”有其内在矛盾：为了“义”而救二解兄弟，但也因此而出卖了栾廷玉而违背了“义”。要解决这个矛盾并不难：出卖栾廷玉咎在梁山泊而不在孙立集团。因为孙立集团在救出二解大闹登州之后投梁山泊时，本来有石勇、杨林、邓飞的人脉，实力雄厚，并且杀了官府人马也有“投名状”，未必需要参加打祝家庄。要孙立集团先不必上山，先参加打祝家庄，以“第五纵队”方式并且出卖栾廷玉而破祝家庄，是吴用设下的毒计，得到宋江允诺决定的。

撇开孙立集团与栾廷玉、祝家庄、梁山泊的恩怨是非，回头看他们在登州劫牢救人的所作所为，是一种提升义气到了超越正道社会而“义无反顾”的境地。当解珍、解宝兄弟被毛太公侵占了他们所猎之虎而设计陷害下狱之后，表亲狱卒乐和就去通风报信给他们的姐姐顾大嫂，而由顾大嫂要求至胁迫其夫孙新、夫兄孙立来救二解。

孙立、孙新兄弟二人的职业十分奇妙：哥哥孙立是登州地方政府的兵马提辖，弟弟孙新却是开酒店的，而且与登云山强人邹渊、邹闰叔侄二人有深交，可说一个是“白道”，一个是“黑道”。

这一段“黑白合流”的基础有两点：一是二解受到对头毛太公设的毒计，平白受冤到了极点，而且有性命的危险；二是二解与孙立、孙新兄弟是表亲联姻的“亲上加亲”关系。第二点是个关键，这个“亲上加亲”，使得孙新豁了出去而救人救到底，而孙立怕在事后受连累，索性一齐参加行动。这个混合着家族伦理（其中还有“母大虫”顾大嫂的强悍坚持）的义气，再加上邹氏叔侄的参加，并且主动提出梁山泊石勇、杨林、邓飞的人脉交情，因此就变得十分丰富，提升到了“黑白合流”、“家族与江湖一体”的集团义气，而干出了轰轰烈烈的大事来。当然这段集团行动的最初出发点，仍是不平受冤到了极点。

孙立集团劫牢救人而后上梁山，其集团式的义气提升模式，可以同“清风山、清风寨集团”作一个比较。

清风寨的副知寨花荣，以及清风镇的统制秦明、都监黄信，原来都是尽职的军官，其职务主要是对付、防御清风山三强人燕顺、王英、郑天寿。但因为宋江与燕顺三人结义了，而宋江又与花荣是多年结拜兄弟，结果因为宋江不慎被捕的冤屈，连累了花荣，引来燕顺三人劫囚，故事曲折的变化，最后是花荣、宋江用毒计把秦明赚上清风山落草，同时招降了黄信，然后一同在宋江率领之下奔赴梁山。

“清风山、清风寨集团”，是个典型的“黑白合流”模式。这个模式的正义或道德基础并不高（宋江、花荣之冤是有机会辩解而未必需要叛变的），花荣平日受正知寨刘高的闲气也绝对不能构成叛变造反的原因，唯一提升义气、舍弃正道社会的理由，是因为宋江本人的江湖号召力，以及他在这段故事中受到相当迫害。基本上，“清风山、清风寨集团”的形成，有相当的勉强性，《水浒传》原文也不避讳，把交代不过去的事推给“天数”——花荣用毒计（以小喽啰假扮秦明去杀了半城人，而使城中官府以为秦明反叛，把秦明妻小杀死）赚秦明，秦明得知之后本来要拼命，但因“上界星辰相合”而妥协了。

同孙立集团比较，“清风山、清风寨集团”也曾引用了正道社会的伦理，秦明妻小被官府杀了之后，花荣立即把妹妹嫁给秦明，这与孙立集团基于姻亲表亲理由劫牢救人，有异曲同工之妙。于是可以梳理出一个脉络：提升义气而超越舍弃正道社会的过程中，又从正道社会之中撷取出婚姻亲属伦理作为集团意识的基础。

这两个集团的落草模式值得注意之处，除了义气提升与婚姻亲属伦理之外，有一个十分重要的现象是现职掌地方治安领兵权的军官，并非走投无路而是受情势胁迫（并被婚姻亲属枷锁套牢）而落草为寇。

从“替天行道”到扩大牵引号召江湖

“替天行道”的模式就是比上个模式的“提升正义、舍弃正道社会”更高一层，正式提出了对正道社会的挑战，提出了“代替性”的价值体系。到这一步，山头盗匪与所谓正道社会之间的互相对立，已取得正义与伦理价值上的主动挑战地位。

“替天行道”模式，就是晁盖集团打劫生辰纲之后上梁山泊的这段主戏。前文已分析过吴用设计这个模式的多重意义。

“替天行道”旗帜树立之后，就超脱了“原始型”的被动、退缩、自保的“我群意识”的江湖义气，而公然以梁山泊号召天下江湖好汉了，于是进入扩大牵引的壮大发展阶段。三十一回燕顺对宋江说“梁山泊如此兴旺”，这就是号召发生了作用；而燕顺义释宋江，除了宋江仗义疏财的名气之外，特地提出梁山泊是宋江造就的这一点，也暗示了燕顺有心攀附，这就是扩大牵引的开始了。“清风山、清风寨集团”黑白合流的另一个原因，是冀望宋江牵引他们上梁山泊。

后来梁山泊集团还赴江州劫牢救宋江，揭阳镇三霸赶来援助，也有趁势一同上梁山的企图。众人马一同出发往梁山，途中经过黄门山，欧鹏等四好汉故意列阵等待，引宋江发话后，立即投诚也一同上梁山。这都是扩大牵引号召江湖的效果。

扩大牵引的深入分析，还有层次上的变化，连次级人物戴宗、李逵，都能借梁山泊之名号召江湖，扩大牵引人马上山。四十三回戴宗牵引了杨林、邓飞、孟康、裴宣四人上山，又结识了石秀、杨雄，而他们在后几回也上山（因而引发了三打祝家庄）。五十三回李逵陪戴宗寻访公孙胜要求他回山，路途上遇见铁匠汤隆，李逵竟能随机应变而引汤隆上山，后来汤隆竟然献计赚了当京师军官精英的表哥徐宁上山。六十六回李逵呕气私自下山，竟又能牵引焦挺、鲍旭上山。焦挺绰号“没面目”，“到处投人不着”而“多时要投奔大寨入伙，却没有门路”，竟也能由李逵牵引而上山，到了这一步，梁山泊的江湖号召力与牵引的扩大面已到了极致，潜力与未来的发展壮大不可限量了。三山聚义打青州再上梁山，也就更不在话下了。

攫取社会才俊与普及性招纳

“替天行道”已然开始与正道社会正式对抗，并要取而代之，而号召江湖扩大牵引，顺势壮大到了一个程度，梁山泊就进一步突破性地要进攻正道社会，从其中攫取社会才俊分子了。这就是自徐宁开始，陆续不断地在战阵之中用各种诡计，把一流武艺的官府军官，一一胁迫上山。这个模式当然仍始于花荣赚秦明。而演变发展的过程中，不断地赚取社会专业人士，如书法家萧让、金石家金大坚、神医安道全、兽医皇甫端等人。

当专业人士列入攫取对象，便形成普及性与机会性——对社会三百六十行的专业均列为攫取对象，只看梁山泊发展阶段的建构性需要，只要一有机会就可以轻易拉人上山。如侯健这位裁缝，只因宋江要打无为军的偶然机会，他得以立功就能上山。蔡福、蔡庆兄弟是行刑刽子手，只因为梁山泊要救卢俊义，便可立功上山。段景住献上一匹好马也可以上山。

普及性的招纳，对象是正道社会之中任何一种人，只要梁山泊需要，就可以设计赚取上山。这个模式同“攫取社会精英”的擒获军官是双双并行的，在任何战阵中，只要梁山泊需要就可以赚取上山。到了这个阶段几乎可以说，梁山泊可以对正道社会为所欲为了。于是进入一个最高层次，卢俊义的落草模式。

夺取正道社会的伦理价值体系

梁山泊集团一百零八人，各山头与各准山头投入的喽啰、庄客，加起来数万人，聚集在水泊内的山寨之中，无论如何不可能在数量上与正道社会抗衡。因此梁山泊壮大到一定的程度，突破了各个阶段、层次，涵化了伦理、价值，强化充实本身的信念、意志力、号召力，普及扩大的牵引招纳之后，对于正道社会所做的最后一个阶段的攻击，应该是精神与心理层面的，而非物质数量上的。这就是伦理价值体系的夺取，也就是为什么要设计赚取卢俊义上山的原因。

卢俊义员外是所谓正道社会精华分子的代表人物，是大名府三绝之一、河北第一等长者，是正道社会价值体系之所系。梁山泊如果能裹胁他上山，不但可以创伤正道社会的价值体系，又可以增强、提升梁山泊的价值体系。这个模式，在前面第二章已粗略分析过，后面第九章分析宋江的统御术时还要再深入分析。本章本节只强调落草过程，这是一个很特殊的争夺伦理价值体系意义的模式。到了这一步，梁山泊塑造已接近完成阶段。

从另一个客观的角度来看，八个模式中的第三、第五、第六、第八几种模式之中，都夹杂着裹胁手段，也就是由梁山泊本身设计进行的“逼上梁山”情况，这就是本章一开头所说的：“野心者趁势号召、聚合、组织”这件事。这些裹胁在直接过程之中就有捭阖的组织谋略存在，而在裹胁成功之后，如何使上山者死心塌地地融入梁山泊体系之中，还要有另一番的组织谋略。这一层就放在第九章宋江对梁山泊的编组谋略中再来分析讨论了。

这其中有一个吊诡性的判断问题，被裹胁上梁山的才俊之士是否有冤屈？如果有，对梁山泊有何不利？如果没有，梁山泊又是如何化解这个冤屈的？答案是没有——冤屈被化解掉了，卢俊义本人就是个典型例子。冤屈究竟如何被化解的，就是被伦理价值体系的夺取所化解。只有把“替天行道”号召进行到底，把正道社会的腐败、黑暗强化到底，把梁山泊的革命性、更新道德的必然成功性强化到底，才能化解被裹胁上山者的冤屈。这是一场有关两种“逼上梁山”的价值判断的斗争。被梁山需要而“逼上梁山”的遭遇，一定要比官逼民反被“逼上梁山”的遭遇在价值判断上要高，才能自圆其说那“替天行道”的革命宗旨。

因此，梁山泊的组织谋略，是与它的建立“代替道德”伦理体系过程同时进行的，这也就是“水浒”精神之所在。

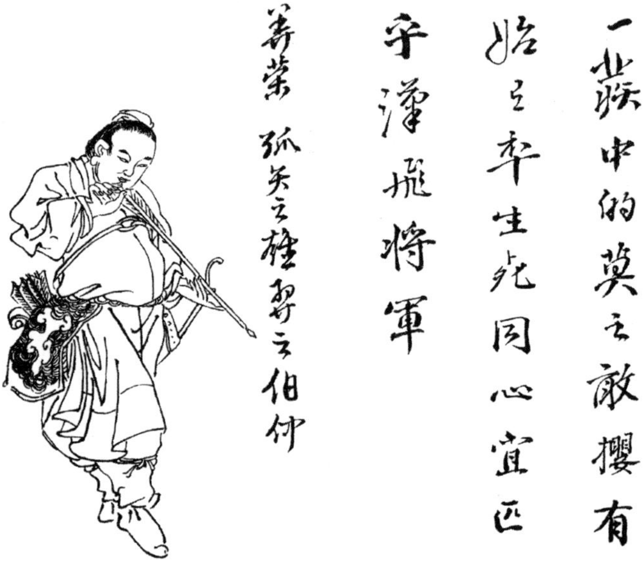

花荣

弧矢之雄，羿之伯仲

一发中的，莫之敢撄。有始有卒，生死同心。宜匹乎汉飞将军。

第六章
社会解体与革命演进的互动关系
——梁山泊集团成长的客观分析

上一章分析了梁山泊好汉们落草的八种途径模式，这其中虽然也提到正道社会本身的腐败、黑暗与种种积弊，但是观察分析的角度，仍是主观地站在水浒梁山这一边的。这就如同传统的《水浒传》评家的两种思考水浒故事的模式一样：不能从双方、“两造”来客观地分析。

旧时代的《水浒传》评家的思考模式类型大约可归为两大方向：一类是李贽（卓吾）式的以忠义精神同情梁山泊集团，但认为他们“心在朝廷”，最后受招安而与正道社会重新合流；另一类是金圣叹式的恒以盗贼视梁山泊集团，而主张最后应该加以剿灭。

这两种思考方式的共同弱点，是认为朝廷不可以推翻、不可能被推翻，而恒以“造反”来看待梁山泊集团，并不从“革命”的角度来看。

近代革命理论的相对论

李卓吾式或金圣叹式的水浒思考模式的缺点，咎并不在他们，而是那个时代（在鸦片战争前两百年的时代）不可能有现代思想，以及那个时代中国尚未接触西方，根本无从了解近代西方革命思想。

近代西方革命思想源自民主政治理论的契约论，也就是以法国卢梭的《社会契约论》（旧译为《民约论》）为代表。这个理论假设全人类的政治社会永远根基于一个基本模式，人民与政府双方之间的契约，也就是政府的统辖权（治权）来自人民的行使同意权（政权）。近代西方革命思想，就是假设当政府违反契约到了极致时，人民可以“解约”——推翻政府的方式。

这个政治理论是18世纪的产物，现在已嫌过时，而孙中山早在民国初年就已否定了它，孙氏不承认世界上存在着卢梭所假设的“天赋人权”即自然权利。不过，契约论主张人民与政府是两造的相对理论，却早已成为今天全球公认的基本政治理论。这个相对论可以参考性地加入《水浒传》的研究，帮助解决李卓吾、金圣叹两类思维模式的死胡同。

近代西方政治理论的这种革命相对论，其立足基础是法律思想——以权利为基础的思维方式，把道德中立化了，当然不容易放进“泛道德主义”的中国政治社会之中。然而这个“技术性”的思维困难很容易解决，把理论模式转型为中国式——把权利中立化，而以道德为思考基础，形成“道德相对论”就行了。

什么是道德相对论呢？就是本书一再强调的“水则载舟，水

则覆舟”，也就是传统社会数千年不变的铁律“得民者昌，失民者亡”——政府的统治是基于道德，如果它违背了道德，不合人民所需，它就会覆亡。这与卢梭的“契约论”、“自然权利论”仍有相通的地方。

以这个思考方式去研究《水浒传》，就可以从“替天行道”这个方向找出一个客观方法了：除了梁山泊本身的成长、壮大、攻击正道社会之外，相对地，在简单形容正道社会的黑暗、腐败之中的同时，还要仔细分析它解体、崩溃的过程。

传统中国的“造反”论，在泛道德主义的非相对观之下，掩盖了一个真相：正道社会并不完全是被“揭竿而起”的人民所摧毁的，有相当大的部分是它自身逐渐演变的解体过程。

以“社会现象生态论”来看《水浒传》

梁山泊的成长、壮大、造反革命、冲击正道社会，客观地、相对地看，这与正道社会本身的解体、崩溃过程是互相配合、交错演进的。梁山泊这种反正道社会的集团力量，不是凭空生出来的，它仍是由正道社会内部遗逸出来，基本上要依靠一种社会分解现象。

在社会解体之前，整个人群由各种职业、身份、阶层、势力结合在一起，依正常准则运行、生存，延续，所以叫“正道社会”。在有形的方面，借社会分工与阶层化而形成社会组织；在无形的方面，依伦理道德与价值判断体系来维系不同阶层、不同职业、不同身份、不同势力的人群之间和谐共存。基本上是一个“生态式”的人群现象，也就是各尽所能（分工）与各取所需（伦理）而维系一个互动式的共生关系。

中国古代的政治思想一再强调“恤民”、“仁政”、“民为贵，社稷次之，君为轻”，一再训勉“使民如承大祭”、“庄以莅之”、“先之、劳之”、“因民之所利而利之”……就是要求在上位的统治者，十分谨慎小心地依照伦理道德的标准去管理人民，而维系那个互动的共生现象。因为和谐一旦被破坏——也就是社会现象的生态式共生模型一旦失去平衡，则结合社会各种势力的组织、价值体系就要松弛，最后导致社会解体。

《水浒传》在讲述好汉们奔赴梁山的主轴故事之外，以相当多的笔墨，点点滴滴、抽丝剥茧地描绘了正道社会解体的过程。只要把观点作一个调整，以相对的立场去看水浒故事，就可以看出来：**正道社会本身的解体过程，其惊心动魄并不亚于梁山泊众好汉火辣辣的行动**。正、反社会之间有着生态式的互动关系存在。

栋梁被蛀蚀——社会解体的开始

依水浒故事的演进，正道社会的解体，可以划分成十三个段落模式：**一、王进逃逸；二、林冲被逼上梁山；三、杨志被逼上梁山；四、保正晁盖心存不轨；五、宋江与朱仝等以私害公；六、“武（松）十回”暴露的寻常百姓的道德危机；七、施恩假公济私和经营黑道；八、清风寨花荣因怨恨落草；九、江州狱吏戴宗心怀二志；十、登州兵马提辖孙立因私害公；十一、祝家庄正道力量被歼灭；十二、徐宁之后大批军官轻易变节上梁山；**

十三、大名府才俊卢俊义被强力裹胁上山。

这十三个段落模式逐段分析起来，第一、二、三段都与高俅有关系，这是“乱自上生”的明白证据。高俅以一个无品德、善于玩乐、精于踢球的小人，获得宋徽宗的宠爱，竟然“先教枢密院与你入名”，之后“没半年之间，直抬举高俅做到殿帅府太尉职事”。这样一个标准小人，掌握了京师禁军的人事大权，以私害公、公报私仇、闲置人才，优秀军官逐一被迫离开本职，这是社会解体的第一步——先从国家政府的栋梁开始蛀蚀。

高俅公报私仇要迫害禁军教头王进（当年高俅还是京师无赖时，曾因比划武艺而被王进之父“一棒打翻，三四个月将息不起”），结果就是《水浒传》第一回的回目《王教头私走延安府》，王进逃离京师去投效边庭疆场。

王进是有机会把气力用在疆场的人，所以他没有上梁山泊，金圣叹特别指出这件事的重大意义。《水浒传》高明的笔法正在这里：社会解体是一点一滴开始的，即朝廷栋梁是被逐渐蛀蚀的，所谓“防微杜渐”的道理就在此。王进乖觉而老于世故，又无家累，只有一老母，要逃逸并不难，于是保全了他还可以投效延安府边庭。从他调教出一个寻常粗野的农村地主的儿子史进，使之成为一流武艺与一流人品的才俊，就可以看出王进本人的不凡修为；这样的人不能容身于朝廷，已可看出殿帅府的黑暗了。

第二段林冲被迫害，已经不必由高俅，而是他的养子高衙内，就可以因为迷恋林冲妻子的美色，而千方百计一直要置林冲于死地，逼得他家破人亡而投奔梁山泊落草。这一段故事，暗示了奸佞蛀蚀朝纲的蔓延性。既然皇帝可以用亲信小人做掌权高官，则这个奸臣也可以依样画葫芦，纵容自己养子为非作歹。而林冲不同于王进之处在于：他与高俅父子并无怨仇，而原来在京师有一美满家庭，在尚未察觉被迫害之前，已经中计成了冤狱犯而插翅难飞了。这一段故事的更深一层意义是：奸佞迫害忠良，使国家栋梁受冤狱之外，还摧毁了一个社会精英的美满家庭。一个禁军教头（国家一流武艺的军官）只因妻子貌美就要受到家破人亡的冤狱迫害，这意味着栋梁遭受蛀蚀之外，社会伦理的解体也迅速开始了。

第三段杨志的情形比较曲折复杂。杨志最初押送花石纲在黄河翻了船算是失职，在赦免之后想要恢复原职而不可得（高俅亲自发落），后来不慎杀了京师无赖而坐牢时，被梁中书看中其武艺，提拔为亲信，再押送生辰纲，被晁盖等打劫去，走投无路而上了二龙山。杨志并没有受到什么直接迫害，但是以他的一流武艺（《水浒传》里唯一描写个人武艺至完美的境界）、武德以及出身将门之后，竟然两次做了屈辱武人的职务，早先押运花石纲是皇帝要赏玩太湖花石的荒淫暴政（使江南糜烂、百姓家破人亡），后来押送生辰纲又是梁中书行贿京官的官场污垢。这是另一种情况的栋梁被蛀蚀，是社会分工的功能性解体（人不能尽其才），而其原因仍是道德伦理问题——皇帝玩乐、官吏贪污。

社会解体的进一步：基石松动

大厦栋梁遭蛀蚀是中上阶层的社会解体，而栋梁之下还有大厦的基石——广大的社会中下层也进行着另一种情形的解体。

第四段就是第十四回“晁天王认义东溪村”的故事。江湖流浪汉“赤发鬼”刘唐半夜赤裸醉卧村中庙内，被都头雷横以贼人之名拘捕要带回衙门，以现在违警法或临检制度来看，都不算滥用职权侵犯人权——因为上了衙门受审问时，刘唐仍有机会为自己辩解清白的；而晁盖平日就仗义疏财，专门接待江湖亡命人物，这一次竟因为刘唐献策要打劫生辰纲，晁盖就私下与他串通认亲戚来蒙骗雷横，而解救了刘唐。

《水浒传》评家王望如评这一段时有极深入的见地：

> 东溪村富翁才具颇优，俯首闾里，初意结纳英雄，继则甘心执私商牛耳。赤发鬼投奔托塔天王，声气相感故也。都头拿贼送保正，保正却暗地问贼，用此等细心何为？刘唐送富贵与保正，保正便认作甥舅，用此等机谋何事？

这段评语中的一句“甘心执私商（不法之徒）牛耳”，一针见血地指出身为保正的晁盖，喜欢做不“正”经的勾当。

晁盖身为保正，负责地方的安全、风俗、道德，竟然为了一笔不义之财可以立即勾结一名陌生江湖客，而欺骗同在乡里、同负治安之责的多年好友雷横。**这样心怀不轨的保正竟然在乡里很得人望，名满江湖。封建政府精心设计的维持地方治安、风俗的保正制度，竟然随时可以特别照顾献策劫财的江湖客，那么社会的基石——地方安定力量已经开始松动了。**

类似的情形，就是第五段的两次私放：十七回押司宋江以通风报信私放晁盖于先，都头朱仝围捕时反而助晁盖逃走又私放于后。宋、朱这两位正式吃公粮的人（不像晁盖任保正并非有俸禄的正式公职），竟然大胆利用职权放走通缉要犯，这比之于晁盖以欺骗方式解救刘唐，又要更恶化一步——宋江是利用手上的官府机密公文、朱仝是利用官府下的逮捕令来假公济私，救助他们的义气好友，王望如评为“重朋友，轻朝廷”，则国家法度在地方基层胥吏身上已荡然无存了。这是大厦基石的社会解体情况。

之后武松的两段故事又比较复杂，从潘金莲通奸西门庆而合作害死武大，经过武松为兄报仇杀死潘与西门二人，而发配到孟州坐牢，卷入孟州小管营施恩争夺快活林的江湖恩怨，再受到个人冤狱而报仇杀了十几条人命。这其中，第六段模式的社会解体指的并不是潘金莲通奸或王婆设计诱奸之事，而是指西门庆在武大被毒死后也有能力胁迫收买验尸官，以及他平日与县官的勾结。一个生药铺的店主，能如此为非作歹横行乡里，封建社会基层伦理道德已开始解体了。

保正晁盖、县衙门押司宋江、县衙门都头朱仝，以及勾结西门庆的阳谷县县官……是整个封建时代之中成千上万个地方基层社会的基石，都假公济私、因私害公、罔顾法度，而使社会渐渐走向解体。

刑狱不公与“灰色地带”的扩大蔓延

上述六个段落模式，前三个在朝，后三个在野；前三个是栋梁被蛀蚀，后三个是基石松动。第七个段落模式，施恩以狱吏身份经营黑道，是前六个段落模式总结之后的转捩点——因为上层朝纲不振，加上底层社会基石松动，所以在这上、下之间的中层社会，出现了复杂的、黑白不分的灰色地带。收买武松的施恩是孟州监狱管营，“州”是在中央朝廷与地方基层县衙门之间的中层行政单位（次于今日的“省”）；施恩挟着狱中有“八九十个舍命囚徒”，就霸着快活林赌坊、兑坊每月固定的油水而获暴利，这个暴利竟引来同属州里的地方军官张都监、张团练的觊觎争夺，可见州级的官吏腐烂到了什么程度。

《水浒传》精彩笔法之一，在这里展现了才华，武松到孟州接触施恩、张都监等腐烂官吏的前夕，在十字坡先遇到开黑店做人肉包子的张青、孙二娘夫妇——当正道社会的中坚的州级官吏腐烂之极时，江湖上就出现杀人不眨眼的人肉包子店了。

从施恩开始到第八段落的花荣造反、第九段落的戴宗私通梁山泊吴用、第十段落的登州集团孙立的叛变，这四个段落的共同模式，都是州级官吏发生问题（花荣是青州、戴宗是江州、孙立是登州），都与刑狱黑暗有关，都是一拍即合的官匪勾结。

官匪勾结是一种黑白不分的“灰色地带”的情形，它的可怕性在于：它介于黑、白地带之间，而以混淆的方式助长了黑道势力的成长，并且以本身的灰色，不断地侵蚀白色正道势力。

这四个段落模式进一步分析，第七与第九段落是较相近的模式，施恩、戴宗身为州级狱吏，竟为了本身利益不择手段与囚犯勾结，而平日又做着鱼肉乡里的恶劣勾当，以至于后来搅和进了江湖或山头盗贼的纠纷而被迫落草。第八与第十段落都是州级军官的灰色化、勾结山头盗贼卷入刑狱不公，而又因私害公，正式叛变，上梁山落草的。

施恩、戴宗灰色化的结果是本身陷入黑色地带，这比之于前面第五个段落宋江私放晁盖而明哲保身，是进一步的恶化。花荣（以及秦明、黄信）与孙立，是与盗贼一拍即合而公然叛变，比之于前面第五回朱仝围捕盗贼时的私放，也是进一步的恶化。

这几个州的官吏的灰色化，显示正道社会的解体，在层次、规模上的扩大、升级，以及在价值判断上的混淆化——黑白不分。

大规模社会解体的三种模式

灰色地带扩大蔓延之后，当然就是黑色势力的快速膨胀了，在规模与数量上是祝家庄被摧毁、成批的军官被裹胁上山、攫取大名府一等才俊卢俊义的大阵仗；在性质上，**是梁山泊成长、壮大到了成熟阶段，公开对正道社会的主体力量（农村庄园联防体系、朝廷重要军官集团、社会才俊员外），进行有计划、有步骤与有意志力的正面攻击**。最后这三个阶段的社会解体是正式的、公开的、明显的，结果性的，正道社会之中的一个主要部分的完全崩溃瓦解，而被梁山泊所吞噬。

最后这三个段落的社会解体模式，分别代表三个不同层次的社会意义：祝家庄被毁，表示地方与乡村之中再没有可以抗拒梁山泊的力量存在；军官集团的陆续被裹胁上山，表示朝廷精华任由梁山泊摄取；员外卢俊义被梁山泊的大规模裹胁计划取上山，表示所谓正道社会的伦理价值体系无法再保持下去。这是正道社会大规模解体的三种模式。

检查这十三个段落，前六段是正道社会内部溃疡的开始，第七至十段是黑白混淆与灰色地带蔓延扩大，最后三段是社会解体现象的大规模出现；十三个段落可以归纳为三个较大的段落，三者之间的转捩点蕴藏奥妙。第一个大段落到第二个大段落，也就是第六、七小段落的转换是武松到施恩，由县级黑暗升级到州级的黑白不分；第二个大段落到第三个大段落，也就是第十、十一小段落的转换，是孙立为首的登州集团叛变，然后献计梁山泊而破了祝家庄——摧毁正道社会庄园自保联防体系祝家庄的力量，来自原先正道社会的官军（经由灰色变黑之后），说出了正道社会解体过程中最惊心动魄的一面。

从武松到孙立集团的伦理体系改组问题

梁山泊集团，壮大到了阶段突破的临界点——开始进入准革命交战团体，对正道社会采取正面攻击的正规阵地战，是从三打祝家庄开始的。打破祝家庄之后，梁山泊集团迅速膨胀壮大，往后一再以州级政府为攻击目标，一面在每次攻击之中诱捕高级军官而裹胁其上山，而从此走上了不归路，直到一百零八人的大团聚。而三打祝家庄这场浩大而复杂的战役，关键在孙立集团。

三打祝家庄战役之中的关键人脉派系：孙立集团，在整个水浒故事梁山泊成长史上，居于一个十分重要的内在脉络地位——伦理体系改组的问题。

打破祝家庄之后的两种对正道社会的攻击：攫取高级军官与

社会精华分子卢俊义上山，不能完全依据力量或谋略来达成。因为正道社会上层分子，其所以为上层精英，在于他们是正道社会伦理价值体系的维系者，梁山泊如果仅以一脉相传的山头盗匪伦理或晁盖简单幼稚的“替天行道”口号，是无法折服而消化他们的；卢俊义头一次被吴用设计骗上山，抵死不愿落草，曾以教训的语气与宋江等人激辩了好几次，充分说明了这一点。

而梁山泊后来竟能成功地完成了下两个段落、模式的对正道社会的攫取式攻击，内在的脉络因素是：在打破祝家庄之后，完成了伦理改组，解决了山头盗匪伦理与正道伦理的矛盾。这要从孙立集团的叛逃过程来看，还要再引前面武松的经历来作比较。

《水浒传》对于个人的描写，集中性与篇幅最重的是武松。而金圣叹批武松为“天人”的种种说法太浪漫而有些脱离现实。这里的现实是什么？是从小老百姓到天下众人，在饮食男女之外赖以生存的伦理。《水浒传》安排宋江从头到尾唯一真正诚心爱惜过的好汉是武松，这是一种暗示隐喻笔法——武松别了宋江之后的经历，是人间伦理的一大剖析，虽然是以悲剧收场。

金圣叹看出了，武松与武大的亲手足弟兄与江湖结义兄弟的分际与区别，也看出了武松视武大为父的亲兄弟如父子的伦常。却过分强调武松的顶天立地好汉个性，而忽略了他也有常人的一面，兄冤死而他杀嫂报仇之后的内心寂寞，以及在孟州看破江湖恩怨之后与宋江重逢时醉梦中一声“你不是我哥哥”的万念俱灰。

武松杀嫂祭兄报仇之后，家庭手足伦理已经绝望，《水浒传》惊人奇笔，忽然冒出来在血淋淋的江湖黑店，由杀人不眨眼而专做人肉包子的张青、孙二娘夫妇感人义气，使武松得到正道社会所遗弃排斥的畸零人的次级伦理的补偿。人肉包子店主张青所说的“三等人不可坏他”（和尚道士、妓女、囚徒三种人放过，不要谋害），可以体会出江湖畸零人次级伦理的苍凉。而这一次伦理补偿与畸零人命运苍凉的人性最后的温和面，却在接着而来的快活林争夺事件之中，完全被粉碎清除掉了。

萨孟武教授在其名著《水浒传与中国社会》一书之中，早就明白地指出了武松助施恩夺快活林的事，没有是非的问题，只有利益争夺存在。施恩与武松之间的义气基础根本是互相利用。后来武松再因施恩仇家设计陷害，而越狱在鸳鸯楼杀了十五条命报仇，已经与施恩无关而恢复武松独来独往的好汉行径了。武松这一大段惊心动魄的精彩故事，《水浒传》不着痕迹地下了一个伏笔。正道伦理绝灭之后，由江湖畸零人次级伦理来补偿的结果是彻底的虚无。

孙立集团叛逃的情形，与武松的经历是一个奥妙的对比。对比分两个方面。在描写笔法上的对比，十分精彩的是：也是由狱卒（乐和）与受屈囚徒（解珍、解宝）对话开始，类似狱吏施恩找囚徒武松结交，也是以酒店（孙新、顾大嫂夫妇开设的）为关键中心，类似施恩的快活林。另一个对比就是这里要突出强调的伦理问题：**孙立集团重建了以正道（家族）伦理，领导驾驭江湖次级伦理的重要工作。**他们兄弟为了拯救冤狱的表兄弟，而结合江湖友人（邹渊、邹闰）杀了仇家、弃了官职而上梁山；上梁山为了建立功劳，孙立不惜出卖同门师兄栾廷玉，**明白地表示了正道（家族）伦理对于江湖次级伦理的压制性。**

孙立集团报仇叛逃而上梁山、破祝家庄的故事里，其伦理改组重建的脉络中，还有两点精彩的补充：一是孙立放弃高级军官（登州兵马提辖）的职位，显示家族伦理超越朝廷伦理；二是打破祝家庄之后，启示宋江灵感而把扈三娘嫁给王英。曾有吃活人心习性的清风山悍匪王矮虎，现在也娶得武艺超凡的女将而成家了——把江湖上最畸零、最远离正道社会的标准盗匪，拉回纳入到正道社会的家族伦理之中（扈三娘在嫁王英之前，先由宋太公收为义女，等于是宋江的义妹，而王英就成了宋江的义妹夫，这不是个单纯的小家庭，一开始就是个家族模式）。

孙立集团以军官、酒店赌徒、山中盗匪的结伙方式上山，一方面表现了“灰色地带”的多元性，二方面进一步把清风山、清风寨的“盗匪——军官”合伙的较生硬的模式进一步融合，三方面以正道家族伦理压制了江湖次级伦理。而孙立集团以本身实力可以保护两个小家庭的妻小安全上山，并且启示宋江替王英、扈三娘完婚，这个看似平常无奇的故事安排，背后有着惊人的重大意义。此后紧接着从赚取徐宁上山开始，主要目标都是正道社会的高级军官，而梁山泊每一位被裹胁上山的军官，都保证做到了安全取其妻小上山的承诺。

当大批优秀军官，伴随着其妻小家室一同落入梁山泊而为之效命时，梁山泊与正道社会的冲突，已不再是武力、财货、攻城略地的物质竞争了，而在正道社会最重要的一部分——核心家庭伦理上建立了取代性。“替天行道”到了这个阶段，真正地完成了内在脉络——价值体系的代“替”性，而迈向成熟的革命完成阶段。

这是一段极为生动、精彩的社会解体与革命演进之间生态式的互动消长关系。

武松

虎虽可打，兄不可保

报仇雪耻，志在春秋。断发空门，实命不由。既尔刚直，复饶缜密。魑魅尽摧，心悬白日。

第七章
各山头与好汉们汇集上梁山的关系脉络

梁山泊一百零八位好汉，从旧社会各个不同的领域、阶层、职业、角落，分别因为受冤屈、遭挫败、因仇杀、有野心、被裹胁、受牵连、引攀缘……而上梁山泊落草。这些复杂的过程在上一章分析归纳为几种模式之后，现在再从梁山泊集团成长的蜕变过程，分析各山头、各次级派系与个人融入这个大团体的深层脉络。

“开宗明义”两山头

《水浒传》讲的是梁山泊为主的故事，梁山泊是众山头之中的主山头。整个“水浒”故事是各大小山头的演变经过，以及最后汇归主山头梁山泊。所以先要看各山头的起源。

第一回之中由史进引出登场的小山头少华山，书中并没有交代三个头领的来历——这一点与后来所有大小山头都不一样。不交代的原因是要突出“基本个性”，从三个头领的绰号：“神机军师”朱武、“跳涧虎”陈达、“白花蛇”杨春，标示了山头的基本个性——要有一位军师型的人物统领全局，另外一“虎”、一“蛇”分别表示以猛兽的凶残性，来代表山头盗匪的特质与生存方式。

梁山泊一百零八人之中，以动物之名（包括祥兽麒麟、龙）为绰号的有三十三人之多，与“虎”有关的有九人，与“蛇”（包括龙、蛟、蝎、龟）有关的有十人。第一回第一个出场的山头少华山三头领，不讲他们为何落草的来历，就是要以三人的绰号来“开宗明义”，总揽后来所有的各山头与江湖好汉。

第四回由鲁智深引出的桃花山两个头领，“打虎将”李忠，原来是江湖卖药的，曾做过史进的开手师父；另一个“小霸王”周通仍不交代来历。这两个人的安排具有联系前面少华山的意义在内：第一、少“华”与桃“花”都是花的意思，以花为山名，从写景中暗示山头的情况变化万端。第二、“打虎将”与“跳涧虎”都与虎有关，而虎一定在山上，这表示各山头之间在本质上相通的脉络；“小霸王”突出了山头的“山大王”个性（不说他的来历，意思在此）。第三、原先史进不愿在少华山落草而要去寻找他的师父王进，却在江湖上碰到开手（启蒙）师父李忠，而后来李忠竟然在桃花山落了草，这是《水浒传》极高明的文学笔法，暗示终于要归向山头的宿命主题。

第四回桃花山二头领，在后来整个梁山之中是三流角色，但是上述的分析显示出他们在山头脉络发展中的意义地位。

附带一提的是，这两个山头已经十分明显地点出了江湖义气。第一个山头少华山，因为朱武用义气苦肉计救陈达而与史进成为好友，后来史进也为了义气而烧了史家村，与三盗一同抗拒官军缉捕。第二个山头桃花山的“小霸王”周通，原来要抢婚（桃花庄刘太公的女儿），被鲁智深行侠仗义拦阻下来，并且迫周通折箭为誓，以江湖义气来约束他；之后鲁智深不满二头领的小气，趁他们下山打劫时，私自掳金银酒器由后山滚下去溜走，二人回来发现时李忠有愧，要把打劫所得的自己那一份给周通作补偿，周通却说：“哥哥，我和你同死同生，休恁地计较。”虽然层次境界不同，却点明了这样二、三流角色的山头人物，也真的重义气。

义气是山头盗贼的精神基础，开头这两个山头故事点明这一层“基本原理”。

“二龙山”的特殊意义

少华山、桃花山之后就是由鲁智深引出林冲，林冲受高俅迫害而上了梁山泊（王伦时期），之后就是晁盖、吴用集团上梁山泊（林冲火并王伦）夺了领导权。这个时期的梁山泊模型与重要意义，在本书第四章第六节“梁山泊‘基本模型’分析”已经详细说明过了。

现在要谈的是林冲上山之后到他火并王伦为止，中间还有一段故事，是二龙山这个山头的演变。林冲在王伦的屈辱之下上了梁山，接下来是当时不愿落草的杨志的一大段经历（押送生辰纲而被晁盖集团打劫），最后杨志与鲁智深相遇于二龙山，而由曹正设计使二人合力杀了原来的山大王邓龙，夺取二龙山山寨。

杨志、鲁智深杀邓龙夺二龙山与后来林冲杀王伦使晁盖夺取梁山泊，前后两段故事在模式上有意义极为相似之处：一、都是由另一个足智多谋而武艺不行的人设计，都是乘其不备使用伪装近似诈术的方式拼杀；二、都是原来的山寨主小器不容人，而引来杀身之祸；三、两个山头都有难攻易守的地形防御系统，无法由外部强攻，只能渗入内部拼杀夺取山头；四、原来的山寨主都不是正牌盗匪（王伦是秀才、邓龙是和尚），都被具强劲实力的落草军官（林冲、杨志、鲁智深）消灭；五、《水浒传》极高明的趣味性笔法，梁山泊易主是秀才吴用设计杀了秀才王伦，二龙山争夺是和尚鲁智深杀了和尚出身的邓龙。

二龙山的夺寨易主模式，十分细腻地作了梁山泊的前导。另外，从山寨模式来看，二龙山又是在梁山泊之外的所有各山头之中，最具优厚生存条件的。它有曹正这样军师型的设计者，同时曹正本人在山下开酒店，类似梁山泊山下的朱贵酒店，运作联络与情报系统。整个《水浒传》全书之中，只有二龙山这一座山头同梁山泊一样有山下的酒店，此外就是祝家庄也有——这显示了二龙山在防御上的优异生存条件。后来因为武松上山而再带来了施恩与张青、孙二娘夫妇，这三人原来都是开酒店、黑店的，更加强了二龙山这方面的条件。

其次就是二龙山这两位头领，杨志出身殿司制使，鲁智深出身提辖，原都是身怀一流武艺的正牌军官，这是除了梁山泊林冲之外，其他各山头所比不上的特点。而林冲、杨志、鲁智深三人，也是梁山泊集团二十一位出身军官者之中，仅有的真正受极大冤屈而上山落草的几位。

二龙山后来又容纳了武松的加入，除了他的一流拳脚武艺可与杨、鲁二人互相辉映之外，武松所受的冤屈以及经历的江湖义气生涯（宋江、张青夫妇、施恩……），也是整个水浒故事中首屈一指的。金圣叹批《水浒传》在武松身上着墨最多、用心最深，也最爱惜武松，就是因为武松是真正的江湖百姓的代表人物，怀有一流武艺，又是一流人品，却受到人间第一等冤屈。

金圣叹认为“二龙山”的意义，是杨志、鲁智深两条龙来守护着武松这位圣人，这个评法略有一些矫情过度。因为杨志、鲁智深二人的道德修养层次，绝不亚于武松，只是各人个性、职业、身份、遭遇不同，以及《水浒传》的作者下笔不同而已。武松固然是平民之中的圣人，而鲁智深的凛然正义与纯真的义气，使那个到处黑暗的江湖社会，因为有他而有如处处见了阳光。他是真正的当下即是，真正的菩萨心肠、霹雳手段。而杨志是以拘谨老实、一丝不苟来衬出他真正为国栋梁的军人个性。金圣叹批语之中一再称赞他是“旧家子弟”的修养风范，而且提醒读者《水浒传》全书之中唯一一段细描个人武艺到达美感层次的，就是杨志在东京校场比武的那一段。金圣叹十分爱惜推崇鲁智深、杨志二人，而却说他二人来守护武松，这个说法有内在矛盾，其实三个人道德不分高下，都是人间第一等人。

二龙山三头领都是人间第一等人，而分别代表了忠于朝廷（杨志）、仗义于天下（鲁智深）、孝悌于家庭（武松），最后都因受冤屈而流落江湖，饱受折磨之后不得已走投无路才落草为寇。这是二龙山在生存条件之中最有意义的一点：它具有强韧的伦理道德基础。

二龙山以一个具体而微的模式，点明了山头的实力、智谋、生态结构（酒店刺探情报）与道德条件（伦理、正义、义气与不平受屈），确立了山头在黑暗的旧社会之中的立足基础之后，水浒故事就展开了梁山泊的蜕变、成长、壮大——从林冲火并王伦开始。

值得一提的是二龙山、梁山泊两次杀旧寨主改组成新山寨的主要促成人物，二龙山的设计者曹正，原来是梁山泊火并王伦行动者林冲的徒弟。徒弟曹正设计具体而微的二龙山格局，师父林冲促成梁山泊改组而从此成长、壮大。这个关系脉络是《水浒传》神来之笔。另两层较深的脉络是林冲、杨志、鲁智深，都分别受过奸臣高俅深浅不同的迫害，而武松是后来的梁山泊主宋江最爱惜的好汉。

清风山大转折的凸显

武松投奔二龙山后，下一个出现的山头是三十一回的清风山。《水浒传》的生花妙笔到这里又有一个转折的变化，使清风山这个山头，又具有几点特色，而不会发生同前面几个山头有重复之处。

第一个特色就是在人物一出场时，详细交代其出身与落草的原因背景："锦毛虎"燕顺原来是贩羊马的客商，"因为消折了本钱，流落在绿林丛内打劫"；"矮脚虎"王英是车家出身，"因半路见财起意，就势劫客人，事发到官，越狱走上了清风山，和燕顺占住此山，打家劫舍"；"白面郎君"郑天寿"原是打银为生，因他自小好习枪棒，流落在江湖上，因来清风山过，撞着王矮虎和他斗了五六十回合不分胜败，因此燕顺见他好手段，留在山上坐了第三把交椅”。

对于清风山三好汉出身落草经过的清楚交代，不同于少华山、桃花山与前期梁山泊（王伦、杜迁、宋万）的含糊不交代清楚，也不同于二龙山众好汉，是以故事过程直接叙述其出身的落草经过。清风山之好汉出场，是类似戏曲的剧场开场白式的交代介绍。

这三人的开场白介绍其中蕴藏着两件重要的事：一、羊马贩燕顺、赶车劫财的王英、打银弄枪棒流落江湖的郑天寿，都有江湖的流动性与商业的财货性，这是山头的最大特性；二、王英上山与郑天寿上山的模式，与前面桃花山周通因打不过李忠而接纳上山，以及杨志、鲁智深因打成平手而结交并一起夺二龙山，共同衬托出江湖结伙的“聚合性”，这也是王伦、邓龙这些不愿聚合者被淘汰出局的原因。

第二个特色是点出山头的嗜血意识：燕顺一出场就是夜间睡醒来，与另二头领一同要吃人心做的“醒酒汤”。原先的贩马商人、江湖流落人，上山打家劫舍一段时间竟然养成了吃活人心的习惯。《水浒传》特别以平淡无奇的笔法，写这段吓坏人的血淋淋恐怖故事，而且刻意安排在主角宋江身上（走夜路被小喽啰捉住，差一点被剖胸挖心做了燕顺的醒酒汤），以增加骇人的气氛效果。这段高明笔法并不纯然是戏剧性故事的安排，而是以前后呼应的方式，暗示了江湖人物在落草山头之后，受环境与生存适应的影响，而趋向残酷嗜血的行为。

少华山、桃花山两段故事，只见赤子般的江湖义气与带有童趣噱头的幽默；到了林冲投梁山而被王伦刁难时，已略微露出一些血腥味了。第十回王伦要求林冲“把一个投名状来”，林冲立即要写，朱贵在旁边笑起来说：“教头，你错了，但凡好汉们入伙，须要纳投名状，是教你下山去杀得一个人，将头献纳，他便无疑心，这个便谓之‘投名状’。”林冲竟也回答“这也不难”。

朱贵以谈笑说杀人献头的投名状，而林冲为了投梁山泊生存，竟立即能适应环境答应“不难”，这同后来燕顺要吃人心醒酒汤，是类似的“平常化”的嗜血意识。这种嗜血意义是反叛者各山头对于正道社会、正常伦理的一个“解纽”手续——摆脱了正道社会的道德束缚。解纽摆脱正道社会之后，山头的“反社会”还要进行本身“加强信念”的两种处理方式。一种就是梁山泊要求新加入者献上“投名状”，这具有秘密社会的嗜血仪式作用，本身具有契约盟誓性，对双方都有约束力；一种就是燕顺等二头领，经常吃人心，一方面加强山寨内部的嗜血盟誓意识，一方面对小喽啰进行“精神教育、思想改造”工作。

从少华山、桃花山好汉的简单义气，到二龙山的好汉受冤屈不平，到梁山泊晁盖集团打劫生辰纲“替天行道”，这一大段故事的过程，只是“片面地”站在好汉这一边，述说山头本身的“当然之理”。但并不够清楚，也太浪漫、太美化、太脱离现实了。清风山宋江一遇燕顺，就是血淋淋骇人之极的夜间恐怖场面，十分现实地、真切地站在山头与正道社会之间的中间立场，来述说山头好汉们的残酷习行与嗜血意识。回顾武松杀嫂剖胸取心祭武大郎，以及鸳鸯楼连杀十五条人命，读来令人惊骇之极、血淋淋的感觉之极。到了燕顺习惯性地闲谈间就轻易杀一个人吃人心醒酒汤（还带一些浪漫气氛），武松那一片溅血世界就显得“平淡无奇”了。《水浒传》以这种高明之极的文学笔法，一步一步细腻地把江湖山头成长、汇集过程的点点滴滴，一层一层地剖析出来。

清风山与清风寨

第三个特色是江湖义气延伸范围的扩大。这是一个十分重要的水浒故事大段落的转折。

三十一回的下半回，宋江被小喽啰们绑在柱子上，请来燕顺等三个头领准备开膛挖宋江的心来吃，“王矮虎便道：‘孩儿们，快动手取下这牛子心肝，造三份醒酒汤来。’”宋江此时只是等死，就“叹口气道：‘可惜宋江死在这里！’”于是燕顺一听“宋江”二字，就喝止住手，问明了被绑待杀的人，果然是郓城杀了烟花妇人逃亡江湖上的宋江，于是“燕顺吃了一惊，便夺过小喽啰手内尖刀，把麻索都割断了；便把自身上披的枣红纻丝衲袄脱下来裹在宋江身上，便抱在中间虎皮的交椅上，便叫王矮虎、郑天寿快下来，三人纳头便拜”。这个突然转变，宋江也吃惊，回拜之后忙问何故如此，“燕顺道：‘小弟只要把这尖刀剜了自己的眼睛，原来不识好人，一时间见不到处，少问个缘由，争些儿坏了义士！若非天幸，使令仁兄自说出大名来，我等如何得知仔细！小弟在江湖上绿林丛中走了十数年，闻得贤兄仗义疏财、济困扶危的大名，只恨缘分浅薄，不能拜识尊颜。今日天使相会，真乃称心满意！’”燕顺接着又说：“仁兄礼贤下士，结纳豪杰，名闻寰海，谁不钦敬！梁山泊近来如此兴旺，四海皆知，曾有人说道，尽出仁兄之赐。”

这个性命交关的戏剧性情节变化之中，浮现了三个有关江湖义气的脉络出来：第一是宋江仗义疏财、闻名于江湖，使得“绿林丛中走了十数年”的燕顺（本是个杀人不眨眼、专吃人心的魔王）倾倒之极；第二是宋江为义气私放晁盖逃走，而夺了梁山泊，此事轰动江湖，传颂一时。这两层义气显示出宋江既不爱惜自己私有的钱财，又不尊重身为“公务员”的职业前途与国家法度，而只把江湖义气放在最高，专门要救助江湖好汉。于是，第三，宋江义气为重的名气传扬开来之后，成为一种个人声望以及江湖上好汉们的共同意识。它就**超过了前面史进、鲁智深、武松们仅以一己之力单独救助其他个人的江湖义气，也就是宋江的义气在伦理道德之外，附加了人群集团的意识形态与信仰问题，于是它便可以发展、酝酿成为一种无形的巨大社会心理力量。**

当江湖义气心理，与社会人群集团意识结合在一起之后，便可以发生极大的力量。

在此之前，史进与少华山三头领之间的义气，是个人与个人之间惺惺相惜的英雄主义。林冲、鲁智深之间如此，吴用与三阮之间也是如此，武松与张青夫妇之间仍是如此。这些单独个人式的义气有一个共同的特点，是在现实求生存的情况中，要有武艺作为义气的后盾。

燕顺对宋江的义气相投，就不是上述这些模式——当时宋江并没有搭救或济助燕顺，反而是他的阶下囚与即将做消夜点心的材料。燕、宋的义气是集团式的，不是某一两次困厄的被救助，而是长期的江湖生涯无数次危难之中的仰望，以及由此而形成的众好汉互相传颂之后所孕育出来的集体意识——归属感。燕顺强调江湖上传颂梁山泊兴旺，就是这种归属感心理。

而救助一两人，也许可凭一人之力或一、二人的微小财力（如鲁智深凑钱救金翠莲父女），但是济助天下好汉，就要像宋江这样挥金如土地扮演“及时雨”。

江湖好汉们的流浪或亡命生涯，其实有两种困境：一是有时冻饿或受冤屈迫害，一是始终没有归属——所以最后上了梁山。林冲上梁山的受窘与杨志、鲁智深起初受阻于邓龙不接纳，都说明了山头的归属也并非可以完全如意。**于是宋江的“无限义气主义”，就形成了江湖好汉们心中一个抽象意义的最终归属。**

宋江下了清风山，往清风镇的清风寨投奔副寨主花荣，后来不慎被正寨主逮捕，连同花荣一齐要解官，燕顺等人劫囚之后，花荣趁势叛变，竟然设计裹胁秦明落草，又由秦明连带了黄信。秦明、黄信加入宋、花、燕顺集团时，都曾说如果早知是宋江，也会私放了他——宋江的江湖名气，已经大到政府军官崇拜倾倒的地步。可以看出来，这种集团意识的延伸范围，已侵蚀到朝廷军官体系之中去了。

清风山三好汉与清风寨、清风镇三军官一齐落草跟随宋江上梁山，这是第一个小山头去加入梁山泊的情况，以及第一批军官因为轻微的冤枉，主要为了江湖义气就轻易地同草寇结盟。这个例子一开，之后就进入了梁山泊的集体上山以及攀附援引不断扩大的新阶段的成长、壮大了。

揭阳三霸

宋江纠集了清风山盗贼与清风寨、清风镇军官上梁山泊，自己却在途中因为父亲一封伪造书信而脱队回家，之后因原来杀人官司而充军发配江州。前往江州途经揭阳镇，遇见三种地方恶霸势力，情况的惊险，不亚于前不久在清风山差一点被燕顺剖胸挖心的场面，而且也仍然是类似的化险为夷结果——因为宋江在江湖上仗义疏财的名气，使未曾谋面的黑道好汉倾倒之极。宋江历经揭阳三霸各种不同的险局：黑店被蒙汗药麻翻、被庄园恶霸追捕、恶梢公在水面江心要劫财害命，可以说是清风山差一点被挖心的险局乘了三倍。这一段故事，一方面使宋江体会到自己在江湖上的声望号召力；二方面也经历了江湖真正险恶残毒的一面；三方面从揭阳镇三霸因地理环境（水陆划分）形成的地缘脉络——梢公张横的弟弟在江州做鱼牙子，而对江湖社会人脉的延伸连结性，有了更深一层的亲身了解。

这第三点十分重要，它显示了江湖好汉们既仰望一个更高、更大、更强有力（如梁山泊或宋江个人）的归属方向，又能在这个大方向可望不可即之前，本身先因地制宜形成在正道社会之外的人脉网。

揭阳三霸之间的关系，有两种复杂的层次极为奥妙。第一个层次是水陆互相为界限：揭阳镇穆弘兄弟要追杀宋江，宋江逃到江中上了梢公张横的船，二穆在岸上百般恫吓、套交情、软硬要求，张横为了自己“衣食”就是不放人；而梢公把船摇到江心准备下手劫财害命时，突然遇到开黑店的李俊、李立驾着大船来抽油水，马上服服帖帖（而解了宋江之危），这是江湖上的生存现实主义生态式互克互补关系的绝妙情况。

第二个层次是：梢公张横在河面上人烟稀少处，做杀人劫财的黑心勾当，他的弟弟却在江岸边渔家汇集之地做了正经的鱼牙子（鱼贩首脑）。兄弟两人在目前的行业之前，曾经合作摆渡生意，而由张顺的水里（可潜伏三昼夜）功夫合作诈财，后来分手而分别单独做这一黑一白的“高利润”行业。这个模式强烈地暗示江湖上黑白两道的重叠、交会机率，以及具有过人的武艺者可以为恶、可以为善的或然本质。

这个模式其实已经解决了金圣叹的疑问，朝廷的才调、疆场的气力，为什么沦落到水泊之中？这其中有或然的情况存在。而或然情况永远是野心的捭阖谋略者要掌控运用的对象，结果只看这些野心家手腕的高下了，宋江当然要比柴进、晁盖高明，也当然就是最后的成事者。

宋江经历揭阳三霸之后，在江州城中又收服了戴宗、李逵、张顺，体会到本身的江湖声望号召力，而权力心理膨胀之极，一方面开始散布谣言“耗国因家木，刀兵点水工”（两句话隐藏“宋”、“江”二字，影射其将造反），另一方面不慎题了谋反诗句而被下狱。这两点不在本章范围，留到后面讨论宋江权术时再分析。

揭阳三霸不是山头，但属于第二章所说的“准山头”、“灰色地带”。张横、张顺兄弟一黑一白、可黑可白，很清楚地说明了这个“灰色”性质。

“灰色地带”是正道社会真正的威胁，前面已经说过：这是因为它们平日与正道社会共存共荣，但暗中既腐蚀着正道社会，又偷偷与黑道、山头挂钩。

揭阳三霸之前，二十七回武松故事段落之中，施恩争夺得失了两次的“快活林”，是另一种灰色地带——与娱乐事业共存，有赌坊、兑坊（钱庄）在其中，这显示它的经常性暴利（施恩亲口说出“月终也三二百两银子寻觅”），也因此引来黑道本身的争夺。武松助施恩夺回快活林的故事，明白地写出了灰色地带的另一种“灰色”情况：没有是非，没有正义标准，只有唯力量是问的现实主义，以及口头说义气，其实是利害勾结（如施恩对武松）。

这种在价值判断上的“灰色”性，才是真正可供野心家捭阖纵横、搞组织谋略的最佳生存发展“环境”。晁盖、柴进以其大地主庄园的财力，专门招纳江湖亡命人物，就是在这种“灰色环境”之中谋求发展的机会。而揭阳三霸的经历，使宋江切实体会、认清了灰色环境的潜在力量。

孙立集团与祝家庄

当揭阳三霸的灰色地带模式要上场的前后，小山头的地位意义就开始相形见绌，对影山二好汉的实力超过桃花山，也只宋江三言两语就拉上山；黄门山四好汉实力更超过少华山而不亚于清风山，也是宋江摆一点恭谦态度就拉上山；到三打祝家庄之前，小山头如饮马川三好汉，已经不必劳动宋江，而由次级人物戴宗，打着梁山泊招牌就顺势拉上山。

于是，进入梁山泊有史以来最大的挑战、考验——打祝家庄。现在要第四次谈孙立集团。

宋江开始打祝家庄时，双方看来势均力敌，其实祝家庄占优势。在集团中坚分子而言，梁山泊此时有四十几位头领，但上战阵能真打的占不到半数（而且祝家庄用不上水军），与祝家庄九位战将相比，仅略胜一筹，而山寨需要留守实力，所剩人手就不多了；山寨喽啰的人数、素质、向心力，都比不上祝家庄数万庄客。祝家庄最大的优势，是它的正规性、地方乡勇自保力量，以及三家联防的作战体系，此外就是在必要时可以向政府的官军求援。宋江破祝家庄就是从这里入手的：孙立集团为了立功上梁山，而以“第五纵队”方式渗入祝家庄，当时欺骗栾廷玉的理由就是“登州兵马来协助剿灭梁山泊”——孙立原职确实是登州兵马提辖，所率领的叛变集团中的手下，还有多人本来就是军汉。

孙立集团的灰色性质，是宋江破祝家庄的制胜关键。而灰色地带，从施恩的快活林，到揭阳镇三霸的生态体系模式，到孙立集团的“官匪一家”，这个演进轨迹是惊人的。金圣叹所悲叹的“是谁之过”，在孙立集团身上可以看到惊心动魄的真实情况。孙立本人是登州兵马提辖，“几番草寇临城，都是他杀散了”，然而他亲兄弟孙新长年开设酒店与赌徒为伍，公然勾结城外登云山的盗匪邹渊、邹闰叔侄，而孙立竟仍旧安然地做他维持地方治安、防御盗匪的兵马提辖职务。这比之于快活林的小管营施恩、张团练、张都监与黑道暗中勾结，层次与严重性都要高得多了。灰色地带蔓延到州政府兵马提辖这个等级的军官身上时，正道社会已经被腐蚀渗透得差不多了。

孙立集团协助宋江打破祝家庄，在集团势力的消长、发展脉络上，有三个重大意义：第一是孙立集团的投梁山泊并且立功，显示灰色地带汇归梁山泊的趋势加大、膨胀到一个新的阶段。在尚未完全融入时，就直接参与生死存亡的大阵仗，这强烈地暗示了梁山泊、江湖社会在平常无事时，同灰色地带的长期默契与共同的造反意识。

第二是梁山泊靠灰色地带孙立集团，打破了祝家庄这个正道社会的强势正当防御体系，显示出梁山泊革命、造反的发展，突破了一个新阶段，从消极、被动、隐匿，到积极、主动、公开的攻击，并且获得重大胜利。

第三，祝家庄三家联防体系的主体——祝家五子、教师栾廷玉以及一门良贱，全部被歼灭。联防三家中的另两家，扈家庄的扈成逃走去了边庭，其妹扈三娘被宋江父强收为义女而嫁给王英；另外“扑天雕”李应及其总管杜兴，在一开始就被离间冻结住，后来祝家被打破时他们顺势被裹胁上山。这是最彻底的消灭——只有一人是漏网之鱼远去了边庭，其他残余分子一一被梁山泊吸收消化。祝家庄这个被消灭的过程、结果，敲响了正道社会防御盗匪集团侵蚀造反能力的丧钟。民间乡勇的自保联防力量被彻底摧毁之后，接下来当然就是梁山泊集团与政府官军的一连串大规模战阵，而等级不断提升、扩大了。

连串大阵仗与成批高级军官上山

梁山泊成长、壮大的发展轨迹，阶段性的变化，在打破祝家庄之后，是一个关键性的转变，最大的特征是摆脱掉山头草寇性质：在战阵方面，从此进入正规性大规模具有参谋、指挥与体系性的阵地战；在阵营方面，不再以水泊草寇自居，而正式以一个近似现代术语“交战团体”的革命集团自居了。

祝家庄之后，梁山泊发展的轨迹路线有了变化。在祝家庄之前，以清风山、清风寨合流为例，看不出山头盗匪与军官的分歧，是同一条线的向上发展。祝家庄之后，这条线分化开来，山头与军官分成两条，山头的重要性明显下降，而以军官的连续被裹胁上山为发展主轴。就山头盗匪本身而言，是一条抛物线式的发展，在祝家庄战设达到巅峰点之后就走下坡。另一方面军官的发展路线却是一直上升的，却也以祝家庄为划分点。在此之前军官是附属地位，是受屈而隐瞒地依附于山头，不能凸显其正规军的特色——到孙立以“未受屈”的军官带了大队人马上山，而尚未完全进入梁山泊内已经立了大功，于是军官群的路线突然转变为主要、公开、光明的主力地位了。

此后的发展模式，单纯化地变成攻城略地与不断地裹胁一流将才上山，徐宁、凌振、呼延灼、关胜、索超、单廷珪、魏定国、张清、董平……以及他们的副将。

山头主义与山头势力开始下降之后，梁山泊为了顾及山头主义的“老本”，不能令江湖好汉失望，而有两大补救的措施。一是在祝家庄之后的对官军大规模作战之中，极力突出几个有人脉渊源的老字号山头的重要性，白虎山的孔明、孔亮兄弟原是宋江徒弟，少华山与桃花山都与史进有渊源，而因鲁智深的关系搭上二龙山，二龙山集团与梁山泊的错综人脉关系就不在话下了。二是一百零八人聚齐之后，石碣天书上的天罡、地煞两榜，地煞之首是水浒故事第一山头少华山寨主“神机军师”朱武，在他之后有十名军官之多，这是一个高妙的平衡作用。

大批军官上山之后，梁山泊必然要发生体制上的重大变化，其间所需要处理的人群脉络关系有三种：一、高级军官常连同副将一齐上山（如关胜带宣赞、郝思文），则不但形成小派系，也把原先在正道社会中的同袍伦理带上山，将对梁山泊盗贼伦理发生冲击作用；二、军官上山只是单身或再带一二副将，其部队士卒不可能一同被裹胁，则军官将来在山寨中必然要从喽啰中挑选一批可堪训练者，进行正规的军事训练，又会形成对山头盗贼伦理的冲击；三、以上二种共同形成的对梁山泊体制的改变，第一个现实结果，就是很难再打家劫舍（这是盗匪习性），而必然要攻城略地了，于是更相对地促成了军官的重要性，加上打破祝家庄的胜利，使梁山泊势必往大规模战阵方向发展，而正式成为革命团体。

这三种因为军官上山而带来的梁山泊体制改变，第一个后果就是山头主义的衰退，现实上看到的情形是少华山、桃花山、白虎山与二龙山的连带相继加入，并不像前面的清风山、黄门山、饮马川人马是壮大梁山泊力量，而是寻求保护；也就是相对地可以看出来，梁山泊力量膨胀到了多大的程度。

于是，有后续的三个变化，作为附带的配合。

芒砀山·曾头市·卢俊义

当三山共同打青州，以及二龙山这样的实力都需要梁山泊来保护时，山头主义的没落趋势之下，山头本身就形成汰旧换新的变化。五十八回后段，对梁山泊挑战的山头芒砀山，有两个特点与过去所有山头都不同：一是势力庞大到有三千人马（过去的山头多半是三五百、五七百人，没有超过千人以上的）；二是山寨之首樊瑞本人是道教中人，有布阵呼风唤雨的本事，不是一般盗匪的武艺。然而仍无法重振山头的重要性。

第二个变化是打曾头市。这个市集的地方自保力量，不同于祝家庄之处，是他们都是北方金国人，所处之地是宋金边境的犬牙交错地带，情况复杂。曾头市的出现并没有什么特殊意义，唯一的作用是安排晁盖这位“不在石碣文”上的梁山泊寨主，有一个适当的死去方式。这事件的深层脉络，也要留到后面第九章谈宋江改编梁山泊时再讨论。

第三个变化是赚取卢俊义上山。这在前面第二章尾末的部分已讨论过。这里要补充一点的是：**大批一流武艺的军官上山之后，对梁山泊体制的改变，一旦激化，很可能形成军官集团与山头盗贼集团的矛盾对立，而成为梁山泊的危机，因此需要有一个超越此一矛盾的安排。**宋江的江湖声望一向是在梁山之下的广大社会，并且是零星点状而抽象的，现在要驾驭一个一百多人的庞大团体而又要建立体系，过去的“及时雨”的号召力是不够的，也不适宜对内使用。取卢俊义上山的另一个重要作用，是借对于卢俊义的予取予求、为所欲为，而压下军官集团所可能挟正道社会伦理自重的隐忧，并且因为包括盗匪、宵小在内的几乎每一位头领都与卢俊义交过手，有过接触，形成一种新的融合，而消弭了可能发生的军官集团与山头盗匪集团的矛盾对立。

至此，梁山泊各山头、各准山头、各路好汉、江湖人物、军官……以不同模式上山，通过各种脉络关系与组织谋略才能融为一体，成为一个可以革命、造反的梁山泊集团。

鲁智深

杀人救人，天竺古风

诛邪扶正，直道不屈。放下屠刀，立地成佛。咦！这铁汉。

第八章　梁山泊集团的派系与结构脉络

上一章最后说到晁盖之死的问题，这件事源自梁山泊复杂的派系整合问题。

金圣叹批晁盖曾头市中箭而死的这一段故事，曾以严厉的语气指责宋江，甚至于说《水浒传》：

> 通篇皆用深文曲笔，以深明宋江之弑晁盖……

另一方面，金氏又不得不承认：

> ……夫晁盖虽死于史文恭之箭，而已死于厅上厅下众人之心非一日也。如是而晁盖今日之死于史文恭，是特晁盖之余矣！若夫晁盖之死固已甚久甚久也。如是而晁盖至而若惊，见晁盖死而若惊，其惟史文恭与曾氏五虎有之。若夫宋江之心，固晁盖去而夷然，晁盖死而夷然……

金圣叹认为晁盖早已是个“活死人”，宋江与众头领都不把他放在眼中，不论晁盖离去（打曾头市）或死亡，都很平淡（“夷然”）地看待。

为什么众人希望晁盖死去呢？有三方面的原因：第一是人望与胸怀不够；第二是权力基础（支持者人数比率）不断下降；第三是领导无方与处境尴尬。这三点造成晁盖越来越不能胜任梁山泊主的地位。而他既不能成为太上皇，又不能下山另觅山头或复归良民，因此只好安排一个适当的方式让他死去。

晁盖死于攻打曾头市失败时所中的毒箭，金圣叹认为宋江在三件事上对晁之死有责任：一是未阻止晁出征曾头市；二是晁打曾头市出发之后，宋援救不力；三是晁中毒箭急返山寨，宋延误医治而致死。这三点的责任其实都不在宋江，而是大部分头领的意思，金圣叹也说：“已死于厅上厅下众人之心非一日也。”这里无意深究晁、宋之间的恩怨，或宋是否有害晁之心，而是要以晁盖之死，来分析梁山泊集团复杂的派系及其结构——梁山泊需要晁盖死去这件事，与这些背景脉络有关。

两种政治现实主义

梁山泊集团，不论是造反、革命或抗争团体，它既然是个拥有旧社会各阶层出身的典型代表的复杂团体，就具有“管理众人之事”的政治性存在。晁盖与梁山泊的关系，要从政治性质去看，而不能完全以文学的悲剧性或水浒故事的江湖义气的眼光去看。《水浒传》这部“大书”，从元末施耐庵到明末金圣叹，经过三百多年许多杰出文人之笔的先后创作与润色、删定，其中有一定程度的政治思想，可供后人探索。

《水浒传》的政治思想，在前面说过的李卓吾模式、金圣叹模式、传统天命道德思想……之外，是否有符合于近代或全人类任何一个时代的政治思想存在？这是一个值得深入研究探讨的课题。在严肃的学术研究分析之外，先从政治现象的普遍法则去观察，分析水浒故事梁山泊集团构成所需的组织谋略，是本书主要的目的。

政治现象，所谓“管理众人之事”，从这个“众人”来看，以俗语所说的“一种米养百样人”而言，绝不是一件轻易的事，也不是江湖义气或泛道德色彩的个人崇拜、人际关系的渊源与笼络手段，就可以尽其功的。众人之事的政治现象，基本上有两个“最后的客观条件”存在：一是权力的现实主义，一是避免矛盾冲突的妥协主义——妥协其实也就是另一种现实主义，所以政治是现实无情的。这并不是说它不道德或不顾道德，而是它超越了一般层次的道德，追求“大德”而不拘于“小德”，表象看起来似乎是现实无情，其实是寻求复杂之极的各种势力组成的人群，保持平衡稳定与继续生存。

晁盖当初上梁山，能立即夺取王伦的寨主位置，与他后来不能再安坐在宋江所缔造的“大梁山泊”，只能遗憾地死去，这两件有关梁山泊主的事，前后的原因是一样的——权力的现实主义与妥协主义。

当初王伦不能容林冲、纳晁盖集团，就表示他以梁山泊这个本属于天下英雄的地盘，来拒绝江湖所有好汉。所以基于权力的现实主义，必须要更换他；更换之后并不是由主事者林冲继位，而立了晁盖，这是一种妥协，因为晁盖集团力量大，而且打劫生辰纲之后有了“替天行道”号召的政治资本。

后来晁盖失去山寨上众头领拥护的基础，并且在三打祝家庄之前，犯了不容人的大忌：为了时迁偷鸡使山寨名号受辱，而要杀刚刚上山投奔的杨雄、石秀。当时戴宗劝解的话“宁可斩了小弟，不可绝了贤路”，就已经动摇了晁盖的寨主地位，因为他有“绝了贤路”的嫌疑。后来酝酿到时机成熟时，自然也要更换他。

两次更换梁山泊主都要“置之死地”，因为这究竟是山寨而并非朝廷——连朝廷有时为了权力斗争也是生死相见的。

晁盖之死与梁山泊主易位

金圣叹批《水浒传》，批到晁盖中箭，宋江“守定在床前啼哭”，就讥讽宋江有拖延就医等待晁盖毒发而死的嫌疑。这个指控就算能够成立，也绝不是宋江的意思，而只是符合“众人之事”的政治原则——金圣叹自己也说过“宋江独哭”而“众人不哭”等着看晁盖死。而在这件事的模式上却可以看出来，同当初林冲火并王伦时，有类似之处。

第十八回林冲在火并前夕曾夜访晁盖集团提出暗示，林冲离去之后，吴用就设计“兄长身边各藏了暗器，只看小生把手来拈须为号，兄长便可协力”。次日林冲要杀王伦时，吴用拈须为号，晁盖、刘唐假意劝王伦，三阮在旁就势抓着杜迁、宋万、朱贵，好让林冲下手。晁盖集团之中有五个人出手助林冲，“杜迁、宋万、朱贵本待要向前来劝，被这几个紧紧挡着，哪里敢动。王伦那时也要寻路走，却被晁盖、刘唐两个拦住”。当初，旧梁山泊要救王伦的力量被晁盖集团强控拖住，林冲才下得了手，这与后来“众人”意愿拖延不医治晁盖，是十分类似的模式。

细看十八回“林冲水寨大并火，晁盖梁山小夺泊”，表面上是林冲杀王伦，实际上说是晁盖喧宾夺主也不为过。这是政治现实主义，权力大的一定会取代权力小的。而权力并不是赤裸裸的纯力量，晁盖夺梁山并不纯靠力量，还有两个道德号召为前提：一是他们“替天行道”，是江湖好汉的表率；二是王伦心狭不能容人，梁山泊属于天下好汉。这两个道德号召，在打曾头市前夕的晁盖身上都已丧尽或被宋江完全取代，所以他必须从寨主的位置下来。晁盖虽然中毒箭死，但生荣死哀，死后长年享受原“梁山泊主”牌位的香火祭拜，要比王伦弃尸山头，高出千百倍。

而晁死时的一句遗言：“贤弟莫怪我说，若那个捉得射死我的，便教他做梁山泊主。”是《水浒传》最精彩的笔法之一。过去一般论法，只看出晁盖以此“报复”宋江，因为以宋江的武艺要捉射箭之人绝不可能，山寨中头领在这方面超过宋江的人太多了。**其实此话正是《水浒传》作者要晁盖在山寨众头领心中地位完全被消除掉的笔法**——晁盖临死仍不放弃梁山泊主的地位，还要下“遗诏”传位，只会使众人更不服、更厌弃他、更回忆起原先要杀杨雄、石秀的小家子气。

梁山泊体制的阶段变化

从晁盖之死，比较晁盖与王伦，找出“众人之事”的政治原理，以这个科学方法，再来逐层分析梁山泊集团内部的派系与脉络。

首先要再强调的是：晁盖之死，不是宋江故意不救，而是山寨众人的公意。从这里再往下推论，宋江要取代晁盖，也并不单纯是拥宋者人数超过晁盖原始集团多少倍；如果是简单的晁、宋两派的斗争，以他二人生死之交多年，宋江仁厚、晁盖无邪恶之心，是很容易处理的。问题在于：宋江先后所纠集上山的人数庞大的各路人马，并不能算是完全单纯对宋江个人效忠到底，而且还有各种出身、地盘、专长、上山途径……所形成的派系，彼此之间是否能完全和衷共济而没有矛盾，是极可怀疑的。例如六十九回张清被擒之后，“众多兄弟都被他打伤，咬牙切齿，尽要来杀张清”，“鲁智深使手帕包着头，拿着铁杖，径奔来要打张清”，最后是“宋江取酒奠地，折箭为誓：‘众兄弟若要如此报仇，皇天不佑，死于刀剑之下。’”才解决了冲突。因此宋江为整合全部梁山泊集团的各路复杂分子，融为一体，团结一致，就顾不了不能振作的晁盖了。政治原理的民主精神，也是强调少数服从多数的。

梁山泊并非晁、宋二人的竞争，而是各派系、各路人马之间，有极为复杂的交错关系。例如在水浒故事之中，几乎毫无战功的石勇、杨林，却在人脉上有极重要的贡献。孙立所率领的登州集团，是由石勇、杨林的关系上山的，这个集团在梁山泊成长史上，有关键性的重要地位——破了祝家庄。

梳理这些派系、人际关系脉络之前，依王伦、晁盖的比较，可以先检查一下梁山泊发展模式的阶段变化。这在第二章曾作平面式的讨论过，这里再进一步分析这些阶段在梁山泊体制与发展模式上的变化特色。这些阶段可以清楚地划分为六段变化：第一阶段是晁盖取代王伦；第二阶段是清风山、清风寨集团的上山；第三阶段是江州劫牢与揭阳三霸上山；第四阶段是打破祝家庄；第五阶段是军官集团开始上山与晁盖之死；第六阶段是卢俊义上山一百零八人聚齐。再从这六个阶段，来探索派系与结构脉络的问题。

晁盖集团的四个优势

第一阶段的晁盖取代王伦，在第二章已分析过“小梁山泊”模式的多重意义，本章再从派系与人脉关系上，进一步分析在整个“梁山泊史”上的重要意义。在派系与人脉关系上，晁盖七人（或加上白胜成为八人）在火并王伦的当时，已纳入林冲、杜迁、宋万、朱贵，形成“元老集团”。这十二人的人脉，还有三个附带方向的延伸：一是郓城县地缘关系的朱仝、雷横（这两人与打劫生辰纲有密切关系）；二是朱贵的哥哥朱富及其师父李云；三是林冲的徒弟曹正算是二龙山的军师，而与这个“独立山头”有渊源关系。三方面加起来可以再增加十一人的关系，但是基础不结实，朱、雷二人与宋江关系也极佳，朱富、李云太单薄成不了气候，二龙山独立性太强，而且武松同宋江的关系超过曹正对于林冲，因此都不可能成为晁盖集团的力量。

然而晁盖集团有另一种超过上面三种人脉更大、更高的政治资本，可分为四个方面来说：一是“替天行道”的创始者（打劫生辰纲的英雄事迹号召天下）；二是三阮所代表的“水泊”好汉的创始模式；三是林冲所代表的“逼上梁山”与军官武艺实力两方面意义；四是“元老模式”的晁盖、吴用、公孙胜三人领导格局。

“众人之事”的政治原理，在实力之外还有两个同样重要的决定性因素，就是政治号召（道德因素）与权力模式（客观情势、内部传统与政治伦理的混合体）。晁盖集团四种政治资本，前面三项都属于政治号召，最后一项是权力模式。

宋江后来陆续号召、纠合、裹胁众人上山，在前三项中——超越了晁盖集团，以“耗国因家木，刀兵点水工”的正式造反口号，超越“替天行道”；以李俊、张顺水军集团势力超越三阮；以大批军官上山超越了林冲。然而最后一个“元老模式”最难取代，因为它有“原创性”所涵化的两个特点：元老地位性与模式设计性。

宋江取代晁盖集团三人领导的“元老模式”，是采取三个不同的方向，依各人“专长”来“各个击破”的：对晁盖是以众头领的离心不服，所形成的威望、实力的架空方式；对吴用是满足知识分子策划、编组一个集团的“知识权力欲”，在谋略上结合而争取吴用倒戈；对公孙胜这种道教人物，采取道教的自然主义原则，听其自由发展，最后由天命来决定——罗真人决定了他的徒弟公孙胜要协助宋江。

这四方面的优势，是晁盖能持续到七八十位头领上山之后，仍能“把持”其山寨主地位的原因。孔子说：“必也正名乎！名不正则言不顺。”充分说明了政治现象之中，名位在号召与政治伦理上的重要性。

宋江嫡系的形成及其重要意义

第二个阶段清风山、清风寨集团上山，包括了附带的对影山两小将吕方、郭盛以及送信的石勇的上山。

清风山三好汉燕顺、王英、郑天寿，在整个梁山泊集团的人脉上，是宋江第一级的嫡系心腹。宋江后来费了极大力气打破祝家庄所俘虏的女将一丈青，以半胁迫半拉拢的方式硬嫁给王英这个好色的勇将，是借宋江当初对王英许下的完婚诺言为由，来笼络清风山系人马并提高其地位（“一丈青”扈三娘先拜宋江之父为义父，再嫁王英，等于王英成了宋江的结拜义妹夫），用意不平凡。

清风山三好汉成为宋江心腹嫡系的原因基础有三方面：一是宋江的江湖声望真正由绿林中杀人不眨眼的魔头来确立，是从此开始的；二是清风山三好汉的出身、行为，压下了前面所有的山头；三是在打救宋江，伙同清风寨、清风镇三军官一同造反，并肩作战的团队精神发展过程中，居关键地位的花荣，是宋江原来的多年心腹与实力班底（所以这个集团刚上山，花荣就要以“梁山射雁”展示他的超凡武艺，使“晁盖和众头领看了，尽皆骇然”，“自此，梁山泊无一个不钦敬花荣”）。

三者之中的第二点值得一谈。所谓出身、行为，不包括武艺（三好汉在这方面可以超过少华山、桃花山，而次于二龙山、小梁山泊）。燕顺的羊马贩商人出身、王英是车家、郑天寿是银匠，三人出身所代表的江湖空间的广度，超过了过去少华山、桃花山、二龙山、小梁山泊。而他们的“行为”，主要指经常晚上要吃活人心做的醒酒汤，这个血淋淋的残酷行为，暗示了与当初王伦要林冲拿出“投名状”（杀一个人才能上山）相比，在程度与数量上的倍增；宋江以亲身生命来体验这件事，经由一个迂回方式同“投名状”意识结合，而深入绿林意识之中。清风山三好汉在这方面超越了过去四个山头，**侧面衬托了宋江也在绿林嗜血意识的经验上，超过了晁盖、柴进。**

清风寨（加上清风镇）三军官花荣、秦明、黄信的落草，有两点重大意义：州级军官（秦明）与一流武艺充当宋江的实力后盾，人脉方面的复杂叠层结合——秦明是被设计裹胁落草的，但又成为花荣的妹夫，并且因为宋江而同清风山盗匪合流。

清风山、清风寨集团上梁山，具有多重丰富的意义，其中最重要的就是秦明被裹胁上山，却由宋江（及花荣）安排了妻室，这与林冲家破人亡而上山有一个吊诡式的对比。“逼上梁山”从这里开始转型，转化了含义。因此种下了后来大批优秀武艺的军官被裹胁上山的基本模式，包括了梁山泊一定也要把他们妻小家室弄上山这一点。

附带的吕方、郭盛的意义，是以其商人出身而强化了清风山三好汉的江湖商人出身特性。石勇这个微妙的角色，凸显了江湖好汉之间的联络与人脉渊源的重要性，而宋江之父竟然把一封重要的家信交给这样一位陌生的江湖人，暗示宋太公平日训诫宋江少交江湖朋友，是一种口是心非的掩饰姿态。

石勇带来的宋太公诈死之信，使宋江为了回家“奔丧”而强行脱队离去，并且写了一封推荐函给梁山泊，而强行荐举这一集团上山。这个上山模式显示出《水浒传》笔法的绝妙：晁盖非接受不可，一方面有原先宋江通风报信私放救命之恩于先，一方面有王伦不容人而被杀之例于后（又正好是晁盖集团本身夺梁山的方式）；然而接受了之后，就种下日后夺权的伏因了。

宋江这一次强行荐举清风山、清风寨集团上山，在模式上既十分温和地超过了晁盖当初的喧宾夺主，又十分有效而受重视地超过了早先柴进推荐林冲，**同时又因石勇一封信而脱身局外，保持了捭阖纵横者最高明的主动性与自由运动性**。而从燕顺先要杀宋江吃心却拜倒于地，经过种种惊险变化，到石勇投书引宋江脱队，这一阶段演变在背后深处所隐藏的是江湖人脉的复杂多变，以及宋江在这方面的无尽资源。

江州阶段的层次性变化

第三阶段江州劫牢与揭阳三霸上山，实际上除了三霸八人之外，还有江州的戴宗、李逵、薛永、侯健，黄门山的欧鹏、蒋敬、马麟、陶宗旺，以及杨林与饮马川的邓飞、孟康、裴宣共二十位头领上山。这一批二十人，在派系上显出横向面发展的多元性，以及纵向的梁山泊人脉结构的层次性。

横向方面：揭阳三霸穆弘、穆春是庄园地主型小镇之霸，张横、张顺是水上之霸，李俊、李立、童威、童猛则是水旱码头黑店的水陆皆霸，形成地形与地缘式的横向性势力关系。黄门山、饮马川两系共七位好汉，是山头性的横向蔓延。薛永、侯健、杨林是江湖单身的人际关系式的横向延伸。几种情况形成了横向的多元性，是清风山、清风寨、对影山集团模式的扩散开来。而黄门山、饮马川两系的好汉，出身落草情形类似清风山——是受挫折而非重大冤屈铤而走险的。

纵向人脉结构的层次性，是在戴宗身上，基本模式有些类似宋江：都是衙门胥吏出身，都在本地因公职而有势力声望，都是次一级的领导人物（宋江次于晁盖，戴宗次于宋江），都有江湖运动性（戴宗更正式地具有日行八百里的神行法）——后面两点很重要。宋江次于晁盖而保持他的纠合组织能力之处，在于他在江湖上的运动性，以及保持私通山寨，这在“山寨之下”的活动能力就是一种层次性。戴宗同样私通山寨，但通到吴用为止，同样有江湖运动性，但声望不及宋江，就更低了一层，于是晁盖、宋江、戴宗三人之间形成了两级层次。

仔细梳理可以发现，李逵原来是戴宗身边的人，而戴宗又在江湖上收服了杨林，杨林又收服了饮马川三好汉；而且后来杨林又结识了石秀、杨雄，并且同登州孙立集团的邹渊、邹闰有交情。于是，在戴宗之下，又形成杨林再次一级的层次。这种层次模式的发展提供了一个重要的讯息：梁山泊集团的派系、人脉，并不只是一百零八的横向排列，只属于晁盖、宋江两系（或加上柴进成三系），而另有其层次性，每一层次都有关键人物存在。这证明本书上述的：宋江整合梁山泊派系的艰巨性。

然而层次的变化，又并不是一层一层往下发展的。例如李逵原是戴宗手下，一见宋江就成了宋江贴身心腹，之后他又形成一个次级层次，后来拉汤隆、焦挺（及鲍旭）等人上山，并且连带发生事故，使朱仝、朱富、李云上山，奉宋江之命又陪着戴宗把公孙胜找回来重新上山。而汤隆竟然又献计把他的表兄——军官徐宁赚上山。这个人脉层次的延伸发展，就更复杂了。

这些种种人脉的层次性，都是从戴宗身上开始的，但戴宗模式其实就是宋江模式，也就是说江州阶段的梁山泊成长，凸显了宋江在派系、人脉模式上的无穷潜力。江州阶段所牵引上山的水军系统（李俊、李立、张横、张顺），具有超越三阮地位的作用，前文已说过了。

三打祝家庄

第四阶段破祝家庄，在派系人脉的变化上有五点：一是晁盖在杨雄、石秀上山时要杀二人，伤害了自己的威望；二是前一阶段戴宗的“结构层次性”人脉的发展，由杨林继续延伸到石秀与登州孙立集团的邹渊、邹闰；三是孙立集团内部结构的多元性；四是祝家庄残余分子的安置；五是吴用倒戈背叛晁盖投向宋江。

晁盖因听说时迁偷鸡而引发祝家庄对梁山泊的正式冲突，怒而以“这厮两个把梁山泊好汉的名目去偷鸡吃，因此连累我等受辱”，要杀杨雄、石秀。这个态度不但犯了不容人“绝了贤路”的大忌，而类似王伦。梁山泊得以发展壮大的最大原因就是来者不拒，晁盖这一态度形成了日后山寨易主的转捩关键。晁盖要杀的石秀，是杨林的人脉引荐上山的，而杨林另一个人脉竟然是由邹渊、邹闰引来登州的孙立集团，助梁山泊破了祝家庄。这一层脉络的梳理，变成晁盖居于梁山泊（破祝家庄）成长的矛盾对立地位了。

登州孙立集团共有孙立、孙新、顾大嫂、乐和、解珍、解宝、邹渊、邹闰八位头领上山。八人分属五种身份：孙立是军官（登州兵马提辖），孙新与顾大嫂夫妇是酒店主人，乐和是狱卒，解珍、解宝是农村猎户，邹渊、邹闰是山头盗贼。这个多元性组成的成分划分，差不多是个基本模式：军官、狱卒、酒店主、农村户、盗贼——梁山泊与二龙山都与这个模式接近，揭阳三霸更是这个模式的变体。破祝家庄的主力是孙立，他是秦明之后第二位落草的州级军官，他上山的模式又不同于秦明，虽然是被迫，却是受亲兄弟之迫，而他上梁山是去建功劳的，这开启了后来徐宁、呼延灼的例子，也就是大批军官上山的源起点。

打破祝家庄之后，祝家本身被歼灭，原来三家联防体系的李应，因为一开始就与祝家冲突负伤而未参加战阵，祝家被歼之后他被吴用设计赚上山。但这本是原来安排好的，而且在未打祝家庄之前，李应的总管杜兴已经倾向恩人杨雄（与石秀）这一边了。因此真正值得探索的祝家庄残余势力，是另一家扈家的女将“一丈青”扈三娘。

扈三娘被宋江之父强收为义女，再由宋江强嫁给王英，这本是封建时代旧社会的族群势力冲突的一贯结果，被击败或消灭的一方，其女性要被胜方接收。宋江安排扈三娘嫁给好色的王矮虎，许多读者以为是鲜花插在牛粪上，其实未必如此。宋江在这里表现了组织谋略上极高明的人脉结构的意义作用：把正道社会防御盗匪自保的祝家庄打败之后，其残余能武功的女性要嫁给山头盗匪王英，这是向整个社会宣示山头主义与梁山意识要凌越正道力量的意思。其里层脉络则是以此婚姻关系，加强了“第一山头”清风山（王矮虎）与宋江之间的嫡系关系。

关于吴用叛晁投宋这一点，从孙立登州集团投梁山时被吴用拦阻，命其先去助宋江打祝家庄，已看得很清楚。假如撇开梁山泊是个盗匪集团，从作战指挥的层次体系上来看，此时吴用心中已把宋江看成梁山泊主，而目无晁盖了，否则绝无先不拜山寨主的道理。吴用聪明之处是：他以戎机瞬息万变为理由，而“权宜”地处理了此事；而祝家庄果然（原来梁山泊已处劣势）因此而被攻破歼灭，事后当无人再追究此事。这一变化在派系、人脉上而言，实力强大而内部具多元性的孙立集团，有大功劳在身，却一开始即只知有宋江、不知有晁盖，随后又可能得知晁盖曾经要杀他们朋友杨林的朋友石秀，而更看低了晁盖，这样晁盖在打完祝家庄之后，就已众疏亲离，十分危险了。

至于吴用叛晁投宋，当然是良臣择主而事，而且晁、宋本是一家人。但此事关系梁山泊的组成至为重要，仍须深论——放在下一章宋江改编梁山泊集团之中再细加分析，而且此事又与戴宗有牵连。

军官成批上山与家庭安顿

第五个阶段军官集团大批上山，在徐宁被汤隆用计赚上山之前，梁山泊军官出身的好汉，可以归为两类：一类是杨志、林冲这种受朝廷之屈者（鲁智深已是和尚，失去军官身份）；一类是花荣、秦明、黄信、孙立这种非受官方之屈而另有所图谋的人。**徐宁之后，连他在内的十五名军官，都是“逼上梁山”的另一种模式：“梁山逼上。”**

这三种情形，比较分析起来，重点在小家庭这件事情上。林冲当年被迫害含冤情，就是从小家庭被拆散而开始的。林冲家破人亡、杨志单身无家累，是梁山泊军官的第一批。第二批秦明、花荣、黄信、孙立，其中两人有家庭，秦明妻小被青州政府杀害，花荣把妹妹嫁给他而补足了残缺家庭，到孙立上山时，根本就是为了保护妻小（解珍、解宝是他亲上加亲的表弟，而事情是他妻舅乐和通风报信的）而叛变的——这是一个极为重要的转变。秦明、孙立两个例子合起来，给了宋江、吴用重要的参考启示，而从徐宁起，所有被裹胁上山的军官，梁山泊都负责保护其妻小上山（董平例外，是单身，则助他抢婚成家）。

于是，可以看出另一个隐藏的梁山泊结构脉络的转变：宋江把扈三娘嫁给王英，树立一个典范。**从此梁山泊好汉不再是晁盖、柴进那种“不娶妻室，终日只是打熬筋骨”的“单身贵族”，而要成立小家庭了。接着就是大批军官带着妻室上山的新的演进阶段了。**

军官是封建社会的中坚分子，小家庭又是社会结构的组成基石，两者合起来其实已充分具备了正道社会的伦理规范与价值体系了。于是下一步当然水到渠成地，要把正道社会的价值体系精华分子卢俊义计诱上山了。最后这两个阶段的演进，梁山泊的体制有了很大的变化，**最重要的一个趋向就是要以军官、小家庭、卢俊义来摆脱盗匪集团的草莽性，而走向革命性，成为与朝廷平起平坐的“交战团体”。**

徐宁之后上山的军官，细分起来可以归为两大类：一是徐宁、凌振、董平、单廷珪、魏定国、索超这种有特殊专门武艺的个人情况；二是关胜、呼延灼、张清各率两名副将的小集团情况。特殊武艺以及主将、副将间的袍泽情谊，都是朝廷正规军队的特点，这将形成军官集团与盗贼集团（梁山泊成员之中人数最多的两种人）的对立，而造成宋江统驭上的极大考验。

军官集团陆续上山之后，梁山泊体制发生变化，派系、人脉、结构也剧烈蜕变，此后的山头（芒砀山樊瑞、项充、李衮，枯树山鲍旭、焦挺）与江湖人物（段景住、王定六、郁保四、安道全、皇甫端）都不再有过去的重要性，唯一的重要人物就是卢俊义。卢俊义上山的派系人脉与梁山泊结构问题，已经不再能以人脉或结构来看，而是权力结构变化与宋江数次改编梁山泊（下一章）这两个范围内的问题了。

梁山泊集团在纵横两方面的潜在矛盾

从梁山泊六个阶段的体制变化与发展模式，分析派系、人脉与集团结构之后，再从整体全局的视野，归纳这一百零八人的结构关系。这可以从纵、横两方面来看。

横的方面，可以分成七大系统：第一是徐宁以后上山的军官集团；第二是众山头少华山、桃花山、二龙山、黄门山、饮马川、白虎山、芒砀山、枯树山；第三是宋江嫡系的清风山、清风寨、对影山与揭阳三霸加上石勇、薛永、侯健、李逵；第四是晁盖系的旧梁山泊；第五是登州孙立集团与祝家庄残余分子；第六是卢俊义及燕青、柴进、朱仝、雷横这几个关键领导人物；第七是从汤隆到郁保四这些不能归为系统的零星江湖人物，还包括金大坚、萧让、安道全、皇甫端……

这样划分，第六、七类不算系统。前五大系统之中，有一个特色是正道社会与造反集团的隐含性矛盾：军官集团是以其原来在正道社会之中的职业身份，来归为一个系统的；而原来在正道社会之中的开酒店者施恩、张青、孙二娘、曹正、李俊、李立、童威、童猛、孙新、顾大嫂等与农村分子史进、穆弘、穆春、孔明、孔亮、解珍、解宝、三阮、陶宗旺等，都不能归为一个系统，而被山头盗匪与其他派系吸收了。这个矛盾，在江湖下层分子身上并无问题，他们只有先落草变成盗匪才有出身，而军官们上了山之后仍保有原来的身份、地位与伦理，尤其是孙立“提辖”、杨志“制使”的官衔还保留，甚至花荣升格被呼为“将军”……可以看出来梁山泊体制改变的脉络，以及宋江需要逐次不断调整、改编的必要性与困难性。

梁山泊集团七大系统的详细归类名单，以及关键发展的“三打祝家庄”的复杂人脉，在本章后面的“附表一”，列出整个一百零八人的派系渊源与人脉关系。

纵的方面可以分为几个层次。第一层是领导阶层：晁盖、宋江、吴用、公孙胜、卢俊义、柴进、戴宗；第二层是中坚阶层；以高级军官（关胜、呼延灼、林冲、秦明、花荣、张清、杨志、索超）、社会精英（李应、徐宁、董平）、辅佐菁英（鲁智深、武松、史进、李逵、朱仝、雷横、杨雄、石秀、刘唐）构成；第三层是基层干部，除掉第四层的江湖宵小（时迁、白胜、段景住……）与零星专业人士（金大坚、皇甫端……），最大多数人群的山头、江湖人物、中低级军官都在内。

纵的方面的矛盾性，有时可能比横的方面还要大。例如李逵出身小牢子，地位竟可以在几个山头主与几个副将之上。又如第三层的孙立，原来的社会地位与武艺要比第二层的石秀高。这些矛盾性，不必从故事文学的主、次角色去看，而要从造反、革命团体打破旧有阶级的不次拔擢去看。

横的方面的派系关系，所需要的调整与改变；纵的方面的层次关系，所呈现的打破陈规的提拔，这两个交错的方向，显示出一个动态的研究探索观点，就是：梁山泊一直在变，而且是多方面的变（人数、派系、体制、结构、人脉、方向、价值观……）、自然的变（新分子不断上山）、人为的变（宋江等人不断地改造），大变（晁盖之死、军官成批上山）之中又含有小变（段景住盗马事件，史进在妓女家中失陷……），短期变化（三打祝家庄）与长期变化（宋、晁权力的消长）的交错，派系、人情、义气、地位、权力……都不停地在变。

这个动态的观点，就是一个深入的、灵活的、清晰的、科学的研究探索方法，而可以超越本书一开头所说的平面数学式的一般性研究，而找出梁山泊的有机性成长——组织、脉络、结构、层次的各阶段性变化。

梁山泊在这些多元、多样、多方面的蜕变、演变，以及有机性成长、壮大的背后，可以探索出一套组织谋略，一套梁山泊成员的改编过程与梁山泊结构转变的脉络。这就是宋江与吴用对于梁山泊苦心经营的来龙去脉。

戴宗

脚根如线，如飞蓬转

亦步亦趋，追随而走。超轶绝尘，瞠乎其后。骐骥千里，吾可以齐驱而驰骤。

附表一 梁山泊集团七大系统表

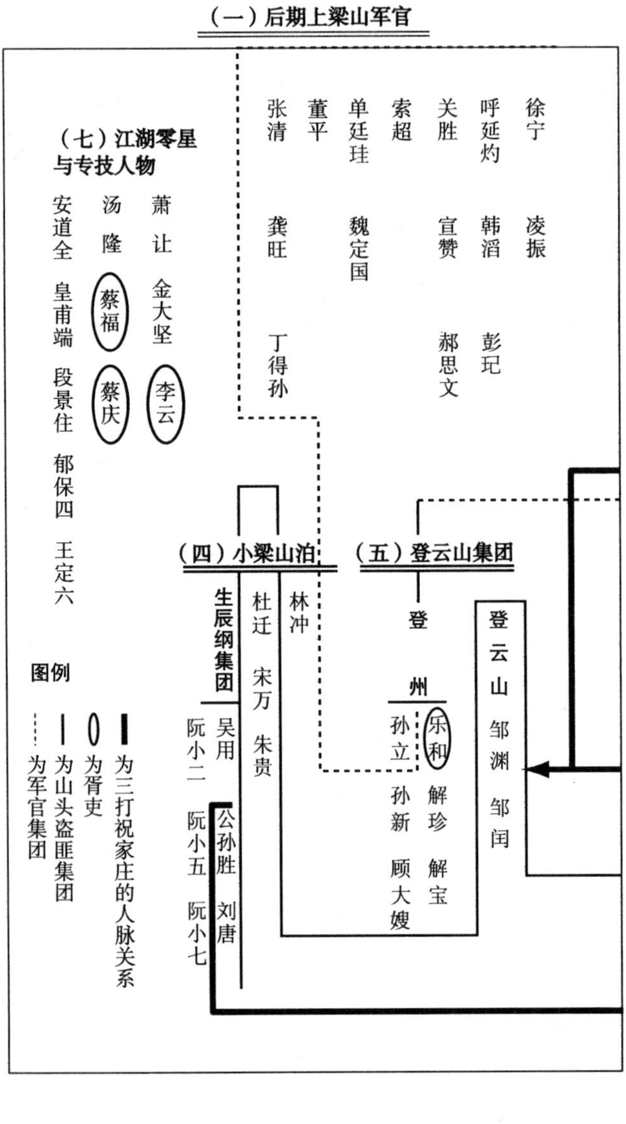

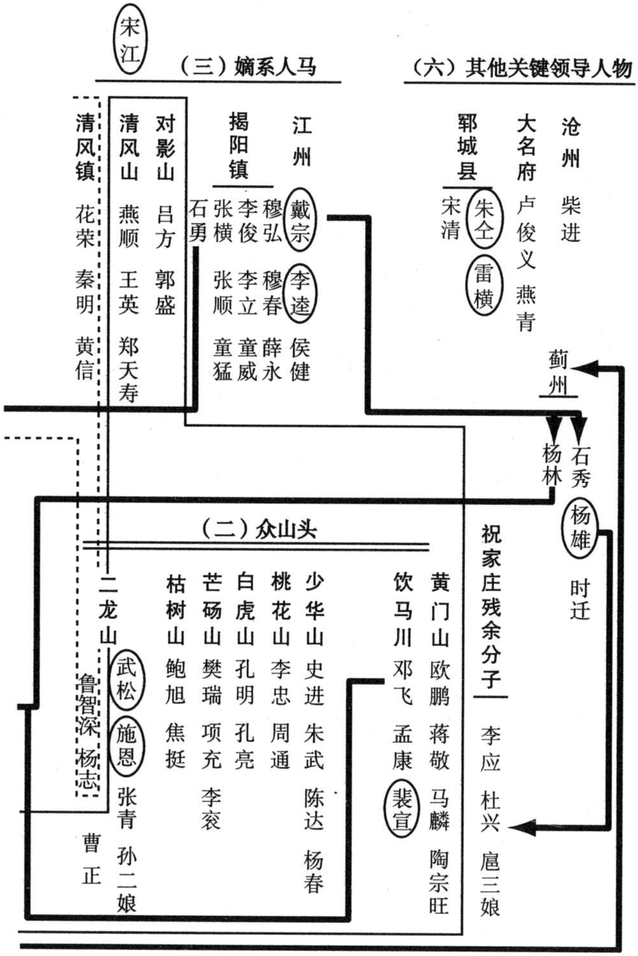
宋江
（三）嫡系人马
（六）其他关键领导人物
沧州
柴进
大名府
卢俊义
燕青
郓城县
朱仝
雷横
宋清
江州
戴宗
李逵
侯健
穆弘
穆春
薛永
揭阳镇
李俊
李立
童威
张横
张顺
童猛
石勇
对影山
吕方
郭盛
清风山
燕顺
王英
郑天寿
清风镇
花荣
秦明
黄信
蓟州
石秀
杨林
杨雄
时迁
（二）众山头
祝家庄残余分子
李应
杜兴
扈三娘
黄门山
欧鹏
蒋敬
马麟
陶宗旺
饮马川
邓飞
孟康
裴宣
少华山
史进
朱武
陈达
杨春
桃花山
李忠
周通
白虎山
孔明
孔亮
芒砀山
樊瑞
项充
李衮
枯树山
鲍旭
焦挺
二龙山
武松
施恩
张青
孙二娘
鲁智深
杨志
曹正

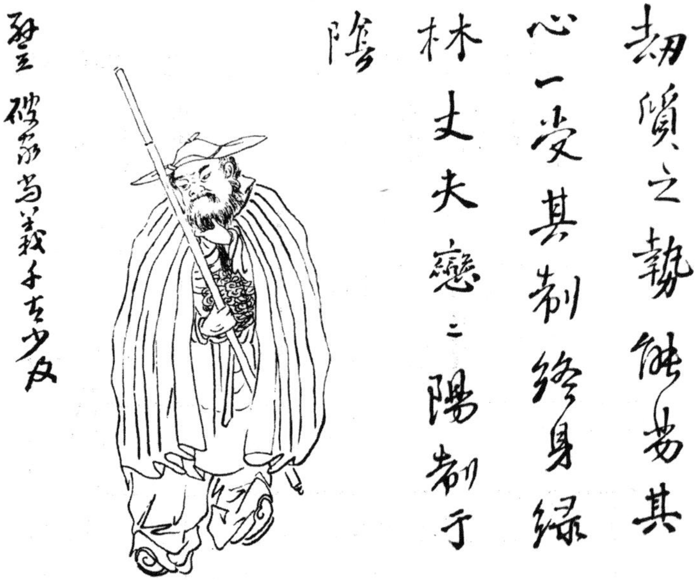

孙立

破家尚义，千古少及

劫质之势，能易其心。一受其制，终身绿林。丈夫恋恋，阳制于阴。

第九章
宋江转变梁山泊结构的几次改编过程

梁山泊结构的转变，是由一批批好汉们不断上山的结果，这个过程中的一大枢纽是宋江的聚集、号召与用计裹胁，以及上山之后的改编。这其中涉及了一个重要的权力结构问题，就是晁盖、宋江对于指挥、领导梁山泊的权力，如何划分及其消长的问题。

而晁盖、宋江这两位真正坐过梁山泊寨主大位的领导者之外，与梁山泊实际缔造过程有关的，还有柴进、吴用、戴宗、卢俊义四人。

三虚三实梁山六位领导人物

这六位领导者，依缔造梁山泊的功能来分，可说三虚三实，三个虚位领袖是柴进、晁盖、卢俊义，三位实际塑造梁山的领袖是宋江、吴用、戴宗。虚位的三人之间又有不同，实际的三人之间也各自相异。

柴进是最早的梁山泊主王伦的恩人，之后他又把晁盖集团的元老人物林冲推荐给王伦，并且收容过犯案在身的宋江，在人际关系上可说是超越梁山泊主之上的太上级领导人，这也颇符合他是帝王后裔而享有法外特权的身份。但这个身份又反而成为柴进的弱点，他除了凭借特权来招纳亡命之徒以外，其他的组织谋略与号召能力，可说是完全没有。《水浒传》对于柴进济助江湖人物的描写有四次，除了宋江因地位名望不亚于柴进而使他特别恭谨之外，另三次都可以看出他待人功夫的短处。第八回柴进一出场就是接待林冲到庄上，竟然以二十五两银子为彩头，逼林冲与他庄上的教师比武，连金圣叹也直批“柴进丑”。后来第二十一回宋江在柴进庄上碰到落难的武松，武松在未认出宋江之前，竟当柴之面直言宋江“便是真大丈夫，有头有尾，有始有终”来讽刺柴进“疏慢了我”。三十四回石勇遇宋江、燕顺时，《水浒传》笔法十分含蓄地由石勇口中说：“老爷天下只让得两个人”，一个是柴进，另一个“又奢遮”的是宋江，就把柴进比下去了。

晁盖的弱点前面已说过不少，他之所以“虚”是在于太早上梁山当了寨主，之后没有任何作为，而日渐被膨胀成长的梁山泊集团边缘化，反衬出他的无能与格局太小。他对梁山泊的贡献，是打劫生辰纲事件对江湖的号召，以及给予吴用塑造“小梁山泊”的机会，这也是他另一方面的虚势，因为实际谋划者是吴用。

卢俊义的虚，不在他自己，而是情势所迫：他必须永远扮演一个温吞水型的副寨主，以其原来在正道社会中的精华分子的地位，来压下另一百零六人，以供宋江驾驭。

三位虚势领袖人物：柴进是高高在上而落实不了，晁盖是尸居其位有如虚君，卢俊义则名副其实的是个“副”寨主。

宋江、吴用、戴宗这三位实际谋划组织并扩展梁山泊集团的领导者，他们之间的第一个共同点是：都算是知识分子。**《水浒传》作者早在三四百年前，全球大多处于封建旧社会的时代，就具有二十世纪的眼光，把最高谋略的权力交给知识分子，这也是这部“大书”的惊人笔法之一。**

他们三人的另一个共同点，与知识分子的个性有关，都不争权位而只尽力去策划，促成集团的成长、壮大，因此他们也能居人之下。这一点与柴进、晁盖、卢俊义均出身于有权位者而不能居人之下，是一鲜明的对照。

宋、吴、戴三人，吴用组成了晁盖为首的“小梁山泊”，前面第四章谈梁山泊的缔造者已详谈过了。而宋江对梁山泊的策划、编织，是本章的重点所在。同时整个梁山泊的形成、蜕变、膨胀、成熟，其实就是吴、宋二人分途合作的结果。

戴宗是个非常微妙的梁山泊领袖人物。他对于梁山泊的组成与壮大，在实际过程中有过两个模式的组织谋略的贡献：一是收服杨林，而由杨林再招纳饮马川三好汉，以及由杨林牵引两条人脉（石秀招惹了祝家庄，邹渊、邹闰所属的孙立集团混进祝家庄做“第五纵队”）而破了祝家庄；二是公孙胜下山之后不再返回，是由戴宗寻访而找他回山的。

另一方面，戴宗曾相当隐晦地卷入江州事件吴用、宋江的斗争，几乎成为牺牲品，结果他成为壮大梁山泊的关键人物。这一段内情，在本章后面有详细的讨论。

江州之役、破祝家庄、争取公孙胜回山，这三件事都与宋江阶段性改编梁山泊集团有关，都是戴宗直接、间接成其事，可见戴宗的重要性。而宋江推动梁山泊集团意识的最重要人物李逵，原是戴宗手下而被宋江收服的。

宋江第一次改编梁山泊集团

梁山泊在林冲火并王伦、立晁盖为寨主之后，正式进入吴用谋划时代。不久即面临宋江第一次改编梁山泊集团的挑战：清风山、清风寨人马与对影山二小将、石勇等九人的上山。

三十四回这九人上山的改编，有两个特点：一是宋江本人临时脱队而未上山，形成“强行荐举”或遥控式的改编方式，但由于宋江有恩于梁山，加上宋、晁深交，而容忍涵化了这个强行与遥控；二是新上山的九人集团实力超过原来的十一人——九人之中除石勇之外都有好武艺，而花荣神箭与秦明狼牙棒早已名震江湖，原来旧的十一人之中只有林冲、刘唐二人有高超武艺而已。

这一次改编，也正因为宋江没有上山而看不出矛盾对立，九人一齐坐在聚义厅右边一带，旧的十一人坐在左边，暂时看不出高下与派系的问题。但这九人的组成，宋江已经做了三件不同凡响的事：一是头一次三位军官集体叛逃落草；二是破纪录地有两个整批的山头人马加入梁山泊；三是这九人在上山之前已被宋江编组成他的嫡系人马。这三件事已造成了晁盖旧梁山泊系人马的尴尬，以及梁山泊结构的转变，而促使吴用为了保全晁盖集团的势力，进行了一个大胆而周密的对付宋江的计谋。

清风山、清风寨集团上梁山的重大意义作用，前面已经分析讨论过几次，这里确立它是宋江改编梁山泊的开始，以及引来吴用的对抗。为防范宋江借其嫡系人马在梁山泊扩张权力，吴用要布局对抗宋江，第一步是推荐一位心腹好友——宋江吃官司发配江州牢狱的狱吏戴宗，来监视宋江的一举一动。而戴宗会神行法，能日行八百里，随时可与梁山的吴用通消息。

吴用陷害宋江的复式计谋

然而，吴用只算到了宋江嫡系实力人马九位头领上山的严重后果，却没有算出来：宋江下清风山编组九人集团之后，本身权力心理的膨胀，到了发配江州，途经揭阳镇遇到三霸之后的更加膨胀，而暴露出造反、革命的野心——在江州散布谣言“耗国因家木、刀兵点水工”之后，因酒醉不慎在浔阳楼上题了反诗。

宋江题反诗被通判黄文炳得知而举发下狱，江州知府蔡九并且修书上京向他父亲蔡京太师请示如何处置，信就由戴宗以神行法送去，却在途经梁山泊酒店时，被朱贵截获，而梁山泊首脑商议要如何搭救宋江。结果是吴用设计仿蔡京的书法与图章（因此裹胁了书法家萧让与篆刻家金大坚上山），写了假信要戴宗带回，信中伪造蔡京意思要押解宋江来京师，则梁山泊人马可以在半途搭救。但是戴宗带了假信做了神行法才一下山，吴用就突然叫苦，说假信之中不慎有破绽，一定会被看出，众人大惊之下，赶紧点兵前往江州劫牢救宋江。

其实这是吴用的一套复式计谋。第一套计划是吴用故意在假信中露出破绽，则可置宋江于死地，为了保晁盖江山而害死宋江，吴用连老友戴宗也准备牺牲不要了。第二套备用的计划更高明，也是真正的权力斗争的精华奥妙之处，补救之计的领兵前去江州劫牢，有两层作用：一是晁盖与梁山泊冒如此大险救宋江，偿还了当初宋江私放七人的救命之恩；二是晁盖领着花荣等一共十七个头领去江州劫牢，十七人的组成除了秦明留守梁山泊，清风山、清风寨九人集团中的另八人全数参加，经过这一次由晁盖指挥的冒险战阵之后，这八人就有隶属服从晁盖的经历（上次九人之组成，也曾经过一次以宋江为中心的战阵），而冲淡了宋江嫡系的色彩，甚至把宋江这一层人脉也夺取过来。

吴用这个复式设计的周密之处在于：或者假信被揭穿而宋江被处死，或者宋江未死而被梁山泊劫牢行动救回，则宋已无恩于梁山，反而受恩，并且嫡系人马的关系被夺；两者任取其一，都可以保晁盖集团的旧梁山泊。而如果发生第三种情况，劫囚失败，宋江仍死，这十七位头领有可能折损一批，而吴用留在山上的是两位实力最强的军官林冲与秦明——秦明被花荣、宋江害得他家破人亡才不久，记忆犹新。

这个复式计谋的第二套：晁盖以作战指挥权，来夺取宋江的人马，如何保证其有效呢？这本来袭自宋江故技：宋江编组清风山盗匪与清风寨、清风镇军官两股原来势同水火的力量，就是借共同作战，而且以三对三的人数均衡方式来完成的。晁盖十七人往江州劫牢救宋江，除晁本人之外，也是八对八的人数均衡，而新旧人马原来并非仇敌，只是派系不同，经过一次战阵，要使他们双方融为在晁盖领导之下的一体，并非难事。吴用这套复式计谋，与上次打劫生辰纲同样地以备胎模式保万无一失，但规模要扩大且精彩得多。

然而吴用却失败了，他万万没有算到的第四种情况发生了。

江州劫囚、无为军之役与宋江夺梁山领导权

第四种情况就是后来实际发生的情况：梁山好汉劫囚成功之后，遇到揭阳三霸来接应，宋江要求去攻打无为军，要杀黄文炳报仇。

第四种情况由两个吴用没有算计到的地方构成：一是揭阳三霸的存在，以及他们早已一一被宋江收服；二是宋江如帝王一般的远超过凡人之上的意志力，以及对权力极为敏锐的感察本能及夺权手段。

宋江如帝王般的钢铁意志力，表现在他当死囚许多天而才从刀斧之下被救回性命，游魂甫定，惊骇未了，他已能奋起要打无为军报仇了。打无为军报仇是表面的说辞，其实是他对权力的敏锐感察力，已经意识到吴用第二套计谋——晁盖指挥作战的夺权意义了。于是，在梁山泊十七头领聚集在揭阳三霸之一的穆家庄上时，宋江察觉出三霸在当地的地盘势力意义的重要性，而要发动一场攻势作战，夺取晁盖的指挥作战权。如何夺取呢？关键在晁盖指挥不动揭阳三霸，而宋江却指挥得动梁山好汉之中原来属于他的嫡系人马。假如说梁山泊来的十七人可分为两派，加上揭阳三霸成为三派，宋江占了三分之二，晁盖就被夺权定了。

实际经过的情况现实到令人心惊的地步，在穆家庄上，宋江提议要打无为军报仇，晁盖回答得十分合理：“我们众人偷营劫

寨，只可使一遍，如何再行得？似此奸贼已有提备，不若且回山寨去，聚起大队人马……”宋江坚持己见，花荣立即接口：“哥哥见得是。虽然如此，只是无人识得路径……”薛永立即起身说道：“小弟多在江湖上行走，此处无为军最熟，我去探听一遭如何？”四人的对话明显地看出，先是花荣乘机重新拥宋江为主，接着是原来揭阳镇的薛永要立功表现，薛永在宋江出事之后一直在穆弘庄上，他这一表态也暗示了三霸的立场。宋江这次夺权成功的基础，是现实上的“地利”人脉。

打无为军的场面，比原来劫江州法场大多了，主要因宋江已救出来，梁山泊人马不再有投鼠忌器心理，并且志在报仇，士气旺盛，而三霸有心趁此立功上山，当然也尽全力。这一仗把原来晁盖救宋江那一仗“比”了下去，同时由宋江指挥三派系人马，彻底地夺了梁山泊主的指挥权，而晁盖还懵懂不知哩。

这其中还有一个附带的胜利果实——水军的问题。吴用原来并不详知揭阳三霸的事，为了人数平衡而梁山泊倾巢而出，或许吴用认为江州近水，三阮同去或可增加晁盖战绩。却万万没有想到三霸之中有两支水军（张氏兄弟一支，李俊、李立一支），人数是超过三阮，水上作战的经验、格局能力都超过三阮。如果原来三阮不出征而留守梁山泊，则后来李俊等人上山还有主客之分，三阮毕竟是梁山泊元老，但是三阮去了江州，不但到了人家水军的地盘，而且事后一同回到梁山泊，看不出主客先后之分，都等着宋江将来的重新编组。吴用可说是赔了夫人又折兵。

四十回《宋江智取无为军》这个回目名，与十五回《吴用智取生辰纲》，前后两回之中都有“智取”二字，也是七十回之中仅有的两次“智取”，是《水浒传》作者很高妙的暗示。吴用智取生辰纲之后，由他设计晁盖夺取了梁山泊寨主之位；宋江智取无为军之后，亲自夺取晁盖的领导权。

第四十回对于宋江打无为军的运筹帷幄、指挥作战有极深刻的描写。在花荣说“哥哥见得是……”之后，到打下无为军、活捉黄文炳为止，这段过程之中“宋江道”、“宋江便道”、“宋江便问道”、“宋江便教”、“宋江又道”、“宋江又教”、“宋江分拨已定”、“宋江便叫”、“宋江教众好汉”……有二十次宋江谋划、指挥的情节与发号施令，而晁盖没有一个字描写他参与——在揭阳三霸的地盘上，晁盖当然不敢多言。

活捉黄文炳回到穆家庄，把他绑起来。“宋江叫取一壶酒来与众人把盏，上自晁盖，下至白胜，共是三十位好汉，都把遍了”。这已经是宋江借此仪式把他的地位放在晁盖之上了。接下来活割黄文炳，不但更有山头喈血结盟的仪式意义，而且更在这个仪式上，再度对晁盖进行夺权：活割黄文炳，由宋江发号施令（晁盖乘机插了两次嘴，完全无效），李逵执行，最后是“割开胸膛，取出心肝，把来与众头领做醒酒汤”。这句话的描写意义十分重大，一方面把三十一回宋江本人差一点沦落到的遭遇，反过来用到地方恶官员身上，有双重雪恨的作用；一方面把三十一回燕顺三好汉的绿林习惯拿来由宋江自己使用——这一次是三十位好汉，也就是十倍于燕顺活吃人心的意义。如果回顾一下当初林冲上山受王伦刁难要他拿“投名状”来，而结果是王伦自己成了林冲、晁盖的“投名状”，那么这一次宋江在尚未正式上山之前，先活割了地方官员，吃了他的心肝的“投名状”意义，要大过林冲、晁盖若干倍以上了。

打无为军过程之中，宋江的策划、调度人马、指挥作战，曾两次统御性收揽大权的发话：“天教我报仇……全靠众兄弟维持。”接着立即是“众人齐声应道：‘当以死向前……与哥哥报仇雪恨！’”又说：“……只望众人扶助扶助。”也是立即“众头领齐声道：‘专听哥哥指教！’”晁盖在当场好像根本不存在。后来金圣叹批晁盖打曾头市中毒箭之事，说晁早已死于厅上众人心目之中，其实早在江州揭阳镇穆家庄这一场便已经开始了。

打完了无为军，三十位好汉一齐回梁山泊，途经黄门山遇到欧鹏等四位好汉，又冲着宋江的面而加入上山行列，可说是锦上添花。回到大寨，吴用已惊得说不出话来了，晁盖再愚呆，也知道大势已去，连忙要让位给宋江，宋江当然不受，却立即发号施令：“休分功劳高下，梁山泊一行旧头领去左边主位上坐，新到头领去右边客位上坐，待日后出力多寡，那时另行定夺。”接着，把他在江州放的谣言“耗国因家木、刀兵点水工”再拿出来讲一遍，树立造反威望，立即有李逵附和：“好，哥哥正应着天上言语。”至此，宋江完成了对晁盖夺权作战的作战反夺权。

宋江夺权之后的危机过渡阶段

宋江打完无为军回到山寨，立即再发号施令，把全部四十个头领分成两部分，分别坐在“左边主位”与“右边客位”，表面的说辞是“休分功劳高下……日后……另行定夺”。其实却是把“旧头领”限制在晁盖、吴用“小梁山泊”模式之内，而把原来自己嫡系再加上揭阳三霸与黄门山，形成一个新的综合集团；除晁盖、宋江、吴用、公孙胜四位领导人物之外，“新头领”有二十七位，是“旧头领”九位的三倍，明显地有以新压旧、喧宾夺主的意味。

这个“新”、“旧”划分法，其中有一个微妙之处是清风山、清风寨等九人集团，明明是江州、无为军之役以前就已经上山了，而宋江仍要以“新”视之，则这个“新”、“旧”并不是以好汉上山先后顺序的区别，而是把“旧”固定在晁盖初为山寨主的十一人小集团，也就是清风山、清风寨集团之后的所有头领都是“新”人。这个划分法有三方面的重大暗示作用：一是由宋江来划分就算数了，山寨大事（高层人事改组）决定权落入宋江之手；二是当初宋江推荐清风山、清风寨集团上山而他本人中途脱队，这批人马上山之后并不真的归顺晁盖，而仍心向宋江；三是吴用设计的复式计划的第二步——江州劫法场，由晁盖指挥大队人马要把清风山、清风寨集团置于其领导权之下，在无为军之役又被宋江夺回。

这时候，梁山泊集团有了晁、宋两大派系矛盾的潜在危机问题。因为有义气与“替天行道”、集体反叛行为，所以矛盾只是“潜在”，不会爆发出来表面化。双方的情势优劣对比是，宋江人马浩大、实力雄厚，而晁盖是山寨主，又有“开山”的功劳，以及有吴用、公孙胜这两位可以超越在一般实力之上的决策级人物的辅助，所以暂时仍可维持勉强的平衡。

但是宋江又再发挥了一次他的帝王气质。再度单独下山，回家取老父，结果当然又是众好汉下山把宋江由围捕的官兵手中救回，**而宋江在性命交关之际，又玩弄了一次帝王统御术：《还道村受三卷天书，宋公明遇九天玄女》，开始制造神话来攫取天命意识的支持**。这件事的政治意义，萨孟武教授在他的名著《水浒传与中国社会》之中，分析得很清楚，这里不多说，也不掠美，只提一件该书及许多研究中国政治史的著作都要说的事，汉高祖刘邦当初“提三尺剑斩白蛇起义”，是为了配合着“赤帝（刘邦）杀白帝（白色大蛇）”这个神话的宣传。

宋江遇九天玄女送他天书的这个神话，有一个附带作用十分惊人，第四十一回里，九天玄女把天书交给宋江时，曾有一番勉励与叮嘱之语，其中说到：“……只可与天机星同观，其他皆不可见……”这个“天机星”就是后来水浒故事结尾石碣文天罡、地煞两榜上的吴用。天书当然是高级谋略，不必给决策阶层以下的人知道，这是林冲、花荣、秦明以下……等众头领都能接受而顺服的。但是此时梁山泊的领导决策阶层明明是晁盖、宋江、吴用、公孙胜四人，而宋江得到天书却摆明了“神明说的”只给吴用一个人“同观”，这就有分化晁盖集团而且招降吴用的意思。于是，公孙胜的地位就陷入尴尬的危机（因为晁盖仍有寨主身份的先天保护作用），而且这种神话作用，以他是道教中人，自然应该最清楚明白。所以公孙胜为了不卷入权力斗争、为了自保，就在宋江取得天书重新返回山寨之后，借宋江父子团聚这件事“忽然感动公孙胜一个念头，思忆老母在蓟州，离家日久了，未知如何”，要返乡探视母亲，飘然下山而脱离了梁山泊的危机。

公孙胜的智慧也十分高，下山时所说的话，留了三个伏笔：

一是他回家去是“看视老母”；二是“真人本师悬望”；三是“暂别众头领三五个月，再回来相见”。第一点表明他不像其他人要把家眷带上山；第二点以法术高强的罗真人作为他的掩饰后盾；第三点先求脱身，又保持再回山寨的弹性，以及耗时三五个月等到山寨高层人事发生变化进入新阶段，而他可置身局外。

公孙胜下山之后，吴用就陷入更大的困局危机。宋江以天书招降，他将何去何从？吴用不愧为“智多星”、“天机星”，他足智多谋，善观大局，公孙胜下山，反而使吴用的地位单纯化了，他可以在晁、宋正副寨主之下，以“纯军师”自居，而正寨主本来不必多谋划，是可以不看天书的——公孙胜下山，暂时形成决策阶层不再有晁、宋明显矛盾，而吴用反而可以灵活运作。

第四十三回李逵下山取母失败，带回李云、朱富两个头领，当时“晁盖便叫去左边白胜首上坐定”，这是明白地对宋江前面从无为军回来上山后说的“新头领到右边客位上坐”的抗拒与挑战。这是晁盖才能低劣之处，在无关轻重的地方，仅有两个三流实力的头领身上进行派系争夺反扑。这也可以看出晁盖处境日渐衰落的无可奈何。

此时吴用的表现相当可佩，两位新头领坐定之后，吴用开始发布新的人事命令，其中有极高明的平衡作用，所有武将的编组完全空白，以符合宋江打无为军回山时所说的：“待日后出力多寡，再另行定夺。”而巧妙地避开了派系对立。此外的人事编组，完全依个人专长与山寨的主、客观条件需要，而进行“管理体系”式的分派：第一是情报系统的酒店，增加为四个：朱贵作为梁山元老仍是原来最重要的东山酒店，揭阳三霸中的黑店人物童威、童猛、李立分别占了南山、西山酒店，最不重要的北山酒店由宋江心腹石勇主持，形成了晁、宋两系人物的平衡。第二是防卫系统："山前设置三座大关，专令杜迁总行把守。"杜迁是晁盖系旧梁山人物，接着"令宋万、白胜去金沙滩下寨，令王矮虎、郑天寿去鸭嘴滩下寨"。宋、白是旧晁盖系，王、郑是新宋江系，而宋江系的"吕方、郭盛于聚义厅两边耳房安歇"，则山前是晁系，聚义厅是宋系，两滩分属晁、宋两系，完成四方面的平衡。第三是行政系统：陶宗旺负责山寨建设，蒋敬负责仓库出纳，马麟负责造船，这是饮马川系三好汉与宋江还没有较深的主从关系之前，先把他们"客观专业化"；与宋江无渊源纯系吴用系的萧让负责公文、金大坚负责印信牌令；后勤方面，宋系的侯健负责"造衣袍铠甲、五方旗号"、新上山晁系的李云"监造梁山泊一应房舍、厅堂"，而宋系穆春、晁系朱富同时"管收山寨钱粮"，仍是二系平衡。

在这些分配的平衡作用之外，吴用这个第一道梁山泊正式的"管理型"人事命令，最高明、最感人的一点是第一层强制性的平衡作用，弱势的杜迁任"三座大关"的"总行把手"，而且"但有一应委差，不许调遣"，明白表示晁系人马的特殊地位；晁盖刻意争夺的新上山的李云、朱富，在毫无资历与大功劳之下，任命一个管理眷舍办公室监造，一个管钱粮——可怜晁系人手不足，刚上山的朱富因为是沾上旧梁山元老朱贵弟弟之故，竟然用来同宋江系出身揭阳三霸的地主富户穆春分庭抗礼，也真难为吴用的用心良苦与尽力维护晁盖了。

但是，人算不如天算，水浒故事的后续发展，终不是吴用可以再勉强平衡得了的。到了三打祝家庄时，吴用从戴宗身上得到启示，在一个偶然的机会向宋江输诚，助他打下祝家庄，而进行第二次梁山泊改编工作。在三打祝家庄之前的第一段期间是危机的过渡期，吴用表现了他过人的智慧与勇气。

吴用投向宋江与戴宗的边际作用

吴用以勉强平衡的方式，维护晁盖的地位，但是情势比人强，水浒故事的后续发展使宋江势力继续膨胀，威望不断上升，终于使吴用向宋江输诚；关键在戴宗的启示与晁盖的自毁长城。

原先江州之役，吴用为晁盖设计的复式计划是先要置宋江于死地，后如果不死又要夺他的派系指挥领导权，对晁盖不可说不是忠心耿耿。然而，宋江经过无为军反夺权回到山上，当然可以看穿吴用原先谋害他的连环计，但宋江不但不计较，反而以天书“只可与天机星同观”，来招降吴用。这一着宋江真是“量小非君子、无毒不丈夫”，既表现了不计前仇开怀接纳的大量，又有迫吴用背主投降之狠毒。吴用以第一道人事命令的平衡、公正，来答复了宋江，尤其立即重用以晁盖饥不择食所仓卒收纳的两名三流角色来表示他对晁盖之忠。所以后来三打祝家庄，吴用投宋，很难说他叛晁，而且他是为了山寨整体着想，只能说他“择主而事”。

关于戴宗，最早是吴用多年心腹好友，宋江发配江州时，吴用推荐介绍给宋江，本有借戴宗监视宋江的用意。没想到宋江的江湖声望与统御手腕，以及结识戴宗之前揭阳三霸的奇遇，使戴宗对宋江五体投地。

而宋江在江州题反诗出事之后，吴用将计就计，用复式计谋要害宋江，是准备连心腹好友戴宗也牺牲的，这一点可说是吴用为晁盖仁至义尽了。后来复式计谋完全失败，宋江打无为军夺领导权成功之后，大队人马上山，闲谈前面的事，原先吴用故意在假信上面“脱卯”而要加害宋江，连同牺牲戴宗的事。山寨上人人都可能被欺骗，唯有这两个当事人（他们出身胥吏，非常清楚公文形式）是心知肚明的。宋江不拆穿，是他要招降吴用；戴宗也不拆穿，则吴用内心深深愧对这位老友。

因此，后来戴宗的人脉——杨林所引来上山的杨雄、石秀，只因为他们一伙的时迁偷吃祝家庄的鸡而引发冲突，晁盖大怒，以“把梁山泊好汉的名目去偷鸡吃”而要杀杨雄、石秀，不但使戴宗心冷，吴用也对晁盖彻底失望了。而晁盖此时不仅是得罪了吴用、戴宗、杨雄、石秀、杨林，可以说是冷了山寨所有好汉的心。

从人脉关系上来看，打完祝家庄之后，新上山的李应、杜兴是杨雄人脉，孙立集团是杨林人脉，这两系新人马都是强悍的实力派（李应是地主，孙立是军官，孙立之弟孙新夫妇是开酒店的，他们的好友邹渊、邹闰是山头盗匪，孙立的表弟解珍、解宝是受冤屈的农村猎户），则晁盖在打祝家庄之前就已经与他们结下不愉快的梁子了。此外，还有另一个隐藏层面的对晁盖不利：杨林最先认识的是公孙胜，公孙胜告诉杨林有关山寨之事，他才在路上认出作神行法的戴宗，而结下这个人脉的。而公孙胜是蓟州人士，于是就与蓟州的杨雄、石秀以及在该地飘泊的杨林，形成一个潜在的地缘人脉关系，而与戴宗发生了联系，使三打祝家庄之役，隐含了晁盖同公孙胜关系出现疏离的意义。这一层对于后来公孙胜归向宋江这一边，有相当作用。

于是可以看出来，整个打祝家庄的导因、过程与破祝家庄的关键人物，都是戴宗这条人脉所牵引出来的。这就是本章开头所说的：江州之役、打祝家庄、取公孙胜回山寨，都与戴宗有密切关系。戴宗是吴用多年好友，而在吴用介绍结识宋江之后，就对宋江死心塌地、忠贞不二，并且在杨雄、石秀上山而晁盖要杀他们这件事上，同晁盖有了嫌隙，于是启示了吴用的转向宋江。**在晁、宋、吴三角关系上，戴宗发挥了微妙的边际作用，影响了吴用。**

打祝家庄一开头点将时，就已看出来宋江对晁盖的继续夺权。本来，吴用第一次发布梁山泊人事命令时，已经派定了“令萧让设置寨中寨外、山上山下、三关把隘许多行移关防文约，大小头领号数。烦令金大坚刊造雕刻一应兵符、印信、牌面等项”，但是在打祝家之前的“会众商量议事”，宋江根本不理会“关防文约”与“兵符、印信”，而直接调兵遣将。并且在调遣之中进行新阶段的权力斗争，提拔戴宗系的人马：饮马川三好汉的重用——“唤‘铁面孔目’裴宣计较下山人数”，孟康“顶替马麟”督造战船，而邓飞则参与战阵。上战阵的两拨人马：第一拨宋江、花荣、李俊、穆弘、李逵、杨雄、石秀、黄信、欧鹏、杨林；第二拨林冲、秦明、戴宗、张横、张顺、马麟、邓飞、王矮虎、白胜——除了林冲是晁盖之前的梁山元老、白胜是晁盖系最弱者之外，全是宋江嫡系、戴宗人脉与宋江招纳的江湖好汉。

安排白胜，有反衬晁盖系无人，以及只能“呐喊”显其无能的意思。

于是，当宋江打祝家庄不利，被活捉四将（包括军官出身武艺高超的秦明）、打伤一将欧鹏，一筹莫展时，遇上孙立集团来投梁山，在石勇酒店等待报告大寨。而吴用正巧下山前去支援宋江，就在山下先把孙立集团带去破祝家庄立了功，再一同返回梁山泊。

吴用这个“权宜措施”，也是因为戎机分秒必争，等不及让孙立集团先上山报告了晁盖，而先斩后奏先去打祝家庄。这个灵感得自宋江在江州法场被救，就立刻要打无为军报仇而等不得回山寨。两个模式的基本精神相似之处，都是在“山下”另行设计作战指挥权，架空晁盖。但宋江在无为军时，尚有天时（戎机之争）之外的地利（远在江州，离梁山泊太远）与人和（揭阳三霸与晁盖不相识）的条件，并且是当着晁盖之面公开夺他的权。而吴用在山下“截”了孙立集团先去打祝家庄，不但完全不把晁盖放在眼中，根本就是以宋江为梁山泊集团的真正中心了。

而吴用这个做法，造成宋江又有一次类似无为军的机会，在山下带一批尚未上山的好汉打一场大胜仗，再挟胜利与带领大队新人马上山之威进行夺权。吴用等于是彻底倒向宋江。然而吴用有他不得已之处，因为孙立集团来投梁山泊的人脉——石勇、杨林正好分别属于宋江、戴宗的人脉，于是晁盖非被架空不可。何况此时戴宗本人及其派系的主力，正在打祝家庄的战场而不在梁山泊。这就注定了晁盖要彻底失败了。

七谈“三打祝家庄”——宋江第二次改编梁山泊

本书在前面第二章开始论及“三打祝家庄”，除了第三章之外，每一章均曾从不同的角度，谈这个重大战役对于梁山泊的成长、蜕变的重要性。现在本章是第七次谈这件事，可说是一个总结式的分析：“三打祝家庄”的胜利，造成梁山泊集团的体制发生结构层次性的巨大蜕变，有几方面的重大意义。

第一、人脉联系方面是戴宗系的牵连延伸。前面已经说过，设计“第五纵队模式”打破祝家庄并且助宋江夺取梁山泊领导权的是吴用，而整个打祝家庄的领导、指挥与神经中枢则是宋江（由最后李逵杀死祝龙、祝彪以及杀光扈家、杀退扈成，可以看出隐喻的意义——李逵一直是宋江意志的遂行者），这是本章开头所说的三位知识色彩梁山领袖的结合杰作。所以立即架空晁盖。而打完祝家庄不久，就发生营救柴进而同时也把他架空的事，最后又取卢俊义这个空头副寨主上山。可以说，三打祝家庄，是划分梁山泊三实三虚领袖的转捩点。

第二、孙立集团的成员分析：孙立本人是提辖（与鲁智深相同），与林冲同等地位；他的亲兄弟孙新与弟媳顾大嫂开酒店，则有如朱贵的地位；邹渊、邹闰叔侄是山头盗匪，似杜迁、宋万；解珍、解宝是有一身武艺的猎户，受官府“棒限”压迫，类似三阮的处境；综合起来看，有如一个小梁山泊，而造成这个集团大叛变投梁山泊的，是狱卒乐和为了救解珍、解宝，则又有当初宋江（胥吏）私放晁盖集团投奔梁山的影子。可以说：孙立集团又是一个小梁山泊模式，而置于大梁山泊之下，形成叠层，这是结构上产生层次意义了。

第三、从戴宗系的杨林结识石秀，引出杨雄、时迁、杜兴、李应的复杂人际关系，而形成祝家庄对梁山泊的冲突；再由杨林、石勇、邓飞三人的关系牵引邹渊、邹闰，而联系孙立集团破了祝家庄，可以看出来在过去宋江的江湖声望与号召力（如对于清风山、揭阳三霸……）之外，逐渐显露出一个次级的不必由宋江亲自联系的江湖人脉，也能形成巨大汇集力量，并且竟然因此而打破了正道社会的强大防御体系——祝家庄三家联防体系。也就是，**在上述第二点的大、小梁山模式的层次之外，还有一个宋江、“次宋江”的江湖人脉的层次存在，而这两层一旦叠合，就能产生可以打破一两万人家的祝家庄的力量。**

第四、打破祝家庄的谋略战，主要在孙立以栾廷玉师兄弟身份混进祝家庄，以“第五纵队”方式里应外合。也就是孙立不顾江湖道义，出卖了栾廷玉。这件事竟然能合理化，以及**面对天下好汉唯一的解释是江湖道义也层次化了：有“大义”与“小义”之别，为了“大义”而牺牲了孙立、栾廷玉师兄弟的“小义”。**

第五、那么“大义”又是什么呢？仍有两个层次：上层当然是为了梁山泊的成长、发展、壮大；下面一层很重要，孙立集团整个是个家族集团，而且是个交叉型的表亲婚姻亲属关系。这一点在伦理上的结构层次化，有一个隐晦性的脉络存在：一开始是梁山泊三阮的亲兄弟关系，智取生辰纲的最原始基础是晁盖假认刘唐是外甥；之后清风山、清风寨集团有花荣妹嫁给秦明的姻亲关系；接下来，揭阳三霸穆弘、穆春、张横、张顺、童威、童猛是三对兄弟，这种血缘亲属关系夹杂在江湖结义关系之中的模式，到了孙立集团就是集大成了：两对亲兄弟、两组表兄弟联姻关系，一对叔侄以及江湖结义关系。

这种血缘关系夹杂江湖结义关系的模式，犹如钢筋混凝土的结构，使梁山泊集团的内在伦理体系结实化，同时涵盖黑白两个社会的伦理。在权力意义方面，是孙立集团这种模式上山，才使宋江超越了晁盖系人马原有三阮亲兄弟伦理的意义。

第六、在“义”的伦理之中产生上、下的层次化，并且纳入正道社会的家族伦理为骨干，才能形成梁山泊在伦理体系上的对于正道社会的正面竞争性（从此不再是盗匪）。于是下一步才能往革命——取代所谓正道统治力量方向发展，开始诱捕、裹胁大批的优秀军官上山。

梁山泊体制的结构性蜕变与伦理体系的充实，是打破祝家庄之后，进入崭新、茁壮的新阶段。这是宋江主导的第二次梁山泊的改编。之后，由宋江亲自发布梁山泊第二次人事改组命令。第五十回：“吴用已与宋公明商议已定，次日会合众头领听号令……”

梁山泊第二次人事改组

这一次宋江亲口下令的第二次梁山泊人事大改组命令，把上一次吴用的第一次人事命令中不太明显的一个特色——重用新上山的头领发挥到了极点，祝家庄战役的人马（孙立集团加上杨雄、石秀、时迁与祝家庄残余分子）全部获得重用，四个酒店人事改组“每店内设两个头领”共八人之中，祝家庄战役人马就占了一半，而且孙新、顾大嫂独占一家酒店，乐和帮助梁山元老朱贵，“把梁山泊好汉的名目去偷鸡吃”的时迁去帮助石勇（宋江的心腹），具有逃避晁盖压力的用意；邹渊、邹闰获得守把鸭嘴滩的重任，“解珍、解宝守把山前第一关”；李应、杜兴联合与蒋敬“总管山寨钱粮金帛”，孙立与杨林、邓飞二人（邹氏叔侄的旧友）参与大寨八面的任务；杨雄、石秀守护聚义厅两侧。

其中最大的特色有三点：一是晁盖原先要杀的杨雄、石秀，现在“守护聚义厅”两侧，可以说是以接近山寨主接受晁盖的镇制，也可以说反过来由这两人来“监视”晁盖；二是上次吴用发布的人事命令，明明规定“山前设置三座大关，专令杜迁总行把守，一应委差不许调遣”，用以强化晁系元老的安排完全被宋江打破，三关分别由六个人把守：杜迁与宋万合守第二关，等于杜迁原来的权力被剥夺只剩下了六分之一，而第一关落入祝家庄战役人马的灵魂人物——解珍、解宝兄弟。这两点是晁、宋权力斗争的意义。

第三点很重要：山寨众头领除了穆弘、穆春兄弟之外，所有成对的亲属关系均不拆散而成对地分派任务。如：孙新、顾大嫂夫妇开酒店，王矮虎、一丈青夫妇后山下寨监督马匹，童威、童猛兄弟守把金沙滩小寨，邹渊、邹闰叔侄守把鸭嘴滩小寨，解珍、解宝兄弟守把山前第一关，阮氏三兄弟守把山南水寨，李应、杜兴主仆一同与蒋敬总管钱粮，花荣、秦明郎舅在同一山左寨内……这显示打破祝家庄的孙立集团所带来的婚姻亲属关系伦理，与江湖结义伦理的混合凝集，已经进入梁山泊人事管理体系之中。

《水浒传》这时在正文上加了一句“山寨体统甚是整齐”，并不是空穴来风、毫无用意，而是特别强调到了这个阶段，体统才正式建立起来。

宋江第三次改编梁山泊集团

梁山泊的体统整齐了之后，开始进入革命的“交战团体”阶段，而进行一次又一次攻打城池的战阵，并且每一次都要诱捕俘虏几位军官上山。这是上述的“在伦理体系上对于正道社会的正面竞争性”，而每一次裹胁或诱捕一位军官，一定要把他的家小也安全地取上山。这就是孙立集团带给梁山泊的正道伦理意识，以及梁山泊体制的剧烈改变——**家族观念化**。

这个变化过程，值得再补充一句的是：打破了祝家庄之后，宋江把俘虏来的祝家庄残余分子扈三娘许配给王矮虎，一面把祝家庄战役人马与宋江嫡系的清风山集团结上婚姻关系；一面也借此洗掉清风山的匪性，使之**家庭化**。

上一章说过，家庭化与裹胁军官上山有互相配合的意义。家庭是社会组织的基础，军官是国家统治武力的基础，合起来就是正道社会有形武力与无形伦理的结合。梁山泊往这一步发展，就是对革命方向层次意义的提升。

到了五十九回晁盖中箭死后，宋江在众人坚持之下暂时做了梁山泊主，即进行第三次人事改组的命令。其最大的特色，就是新上山的军官，依过去两次的例子——新上山的头领获重用，而占据了重要位置：山寨共分六寨，除水军寨之外，前、后、左、右四寨都以军官领先或为主体（如前寨是李应领先，但其下有两位军官与鲁智深，后寨是柴进领先，其下有四位军官），中寨忠义堂宋江、吴用、公孙胜之下是花荣、秦明两位军官。这时候梁山泊的体制又进一步发生变化，而更具有正道社会的优势了，把军官的各种优点（武艺高强、职业化的作战、有正规带兵经验……）带进了梁山泊。这是宋江帝王气质的又一个证明：**改造革命团体的体制，使之正道化而去其匪性。**

这次人事改组是晁盖死后的事，则需要补述一下晁盖之死的意义。本书第八章一开头，谈到金圣叹的看法，认为晁早已死于聚义厅上众头领的心中，这是从梁山泊成长的平面与人脉派系上看的结果。如果从梁山泊体制的变化，以及晁、宋权力斗争的另外一个角度来看，则公孙胜是个关键因素。他从蓟州回到山寨，是因为罗真人放行，而罗真人放行的原因是要支持宋江替天行道。到了这一步，由公孙胜公开证明天命支持宋江（还有戴宗、李逵作证），又要比宋江自己单独编造的九天玄女神话，可信度大得多。

另一方面，公孙胜也支持宋江，使晁盖感觉大势已去，在心灰意冷、前途茫茫之下，只好孤注一掷，去打曾头市；但因为没有吴用的协助，落得出征失败而本人中箭死的下场。晁盖死时的遗言："……那个捉得射死我的，便教他做梁山泊主。"这句话促成了梁山泊最后一个阶段的体制改变：裹胁诱迫卢俊义上山。

卢俊义上山这件大事，对于梁山泊的成长、体制蜕变与权力结构的调整，有三方面的重大意义：第一是革命意识与内部层次结构（上述的"山寨体统甚是整齐"）的成熟，在发展阶段上再行突破，进入主动攻击正道社会，而从其中攫取精华分子，这是前面已经说过的。

第二是梁山泊内部权力结构再做高层次的调整。从公孙胜回山支持宋江、晁盖愤而出征中箭而死，结束了晁、宋的现实矛盾（但法理的矛盾——寨主地位问题，仍未解决），再进入下一个阶段的宋江、柴进、卢俊义之间的矛盾问题，而由吴用发挥重大作用。

晁盖死之后留下寨主地位问题，晁的那句话“捉得射死我的，便教他做梁山泊主”有双重刁难宋江之处：一方面宋江绝无此可能，因为山寨绝大部分头领武艺超过宋江；一方面又以寨主地位引诱其他有高超武艺可能捉得射毒箭者产生野心，造成对宋江的威胁。这是晁死前对于过去宋江数次夺权的最后反击——反击的力量相当沉重，使用“寨主”名分诱因为赌注。

于是，有两种途径可能解决问题：一是找一个在山寨没有深厚渊源资历的人去捉射死晁盖的史文恭，于是众人不可能服他为最高领导者，则宋江经营了许久的“实际寨主”地位就可以落实；二是无限期拖延替晁盖报仇捉捕元凶的事。两个办法比较，当然后者较可靠，而且拖延又会产生新阶段的局面变化，可资利用来调整一切而化解困难。以梁山泊现在的实力，打曾头市并不难，于是要拖延报仇，只有找更大更难的事去做。此外，柴进上山之后，又形成了他地位的问题与宋江的尴尬——柴进有恩于原始（王伦时代）梁山泊，又救助过火并王伦的林冲与宋江，可说是梁山泊早期缔造者之一。晁盖死后，更凸显了宋、柴二人声望不相上下的尴尬，而且打高唐州救柴进，也是大阵仗、大批头领下山，类似前几次救宋江，有助于柴进的威望。那么，找一个人上山，形成他的地位可以压下柴进，而又在宋江之下，便可以解决矛盾。而这件事的高难度，又可以造成拖延打曾头市报仇。宋、吴二人密议的结果，就借大圆和尚受邀来山寨做道场时，由他的口中讲出大名府的卢俊义，而促成了这个大计划行动。

赚卢俊义上山的整个过程，解决了宋、柴之间地位的微妙矛盾。先由吴用带李逵亲自下山去骗卢俊义而设下毒计，之后卢俊义受骗而出了事下狱，梁山泊大队兵马去打大名府，战阵之中，宋江擒获收伏了威望、武艺一流的关胜、索超，而再强化了他的寨主地位。最后在宋江染病时，由吴用统兵打下大名府而救得卢俊义，打大名府时设计混入城中的“第五纵队”模式的人马，其中不但有柴进，而且他以性命为赌注去说服狱卒保住卢俊义的命——这一节不着痕迹地把柴进地位安排在卢之下了。开头由吴用出马骗卢上山（吴用唯一的一次只带一个伙伴下山的高危险行动），最后由吴用打下大名府，无形之中反衬出宋江为真正寨主的地位。这与过去宋江夺晁盖指挥权不一样，而完全是在宋江掌控之下的吴用统兵。至此，宋江已经形成类似君主的地位，自己不必亲自劳动征伐，但地位与权力毫不受损。

第三就是关胜、索超上山的重大意义。这两个人是军官集团的代表性人物，关胜是威望高，索超是武艺强（《水浒传》之中唯一仔细描写过的一流武艺的杨志，当初曾与索超比武打成平手）。这两人上山的模式，也衬出了他们不同的意义：关胜另外又带两名副将上山，以及后来他收降了单廷珪、魏定国两位高级军官，可以看出他在军界的威望；索超单独上山，以《水浒传》第十二回《急先锋东郭争功》就描写出他超凡的武艺，而在六十三回的末段故事才上山，强烈地暗示了军官之中的精英分子，终必落入梁山泊集团之手。

此外这两位军官的上山，一方面是宋江在打平祝家庄之后，下一阶段梁山泊发展壮大之中，收服呼延灼（也带了两名副将），裹胁徐宁、凌振等高级军官之后的继续发展；一方面也配合着取卢俊义上山攫取正道社会精华分子的积极主动攻击的做法。

梁山泊江湖、山头气质的迅速蜕变

上述的宋江第三次改组梁山泊集团，不像前两次有明显的派系人马上山，以及梁山集团内部人事调整的现象，而是不着痕迹地处理几件根本性的集团结构问题：第一是从公孙胜回山支持宋江到晁盖中箭死，解决晁、宋现实矛盾；第二是从取柴进上山到取卢俊义上山，解决了宋、柴之间的微妙地位矛盾；第三是开始有计划、有步骤、有信心地成批裹胁、诱捕高级军官上山。这三大重点是从打破祝家庄开始，逐渐转变的，种种变化环绕着一个中心——**梁山泊成长壮大过程之中，逐渐漂白其山头盗匪气质，对正道社会采取正面攻击的革命式交战团体的姿态。**

漂白盗匪气质，从祝家庄战役之后，梁山泊对各次级山头态度的改变，可以看出一些脉络性的变化。

祝家庄战役之后，因为雷横打死烟花女系狱而朱仝私放了他导致本人为囚，宋江、吴用设计再赚朱仝上山，来报答当初郓城县这两位旧友兼恩人，结果李逵在柴进庄上失手打死高俅堂弟高廉的妻舅殷天锡，而连累柴进下狱，于是进行了一场大规模的救柴进战阵。这场战阵的连带结果，才引来水浒故事开头的几个山头：少华山、桃花山、二龙山这三批人马上山，其间还有另一个新山头白虎山的孔明、孔亮兄弟是宋江徒弟这一层人脉关系，居间为媒，可以看出各次级山头与梁山泊的关系开始生疏化的微妙痕迹（注：宋江到二龙山见到武松时，双方十分冷漠，早已不是金圣叹称赞的第二十二回“宋江在灯下看武松这表人物”的情境了）。

之后，又在芒砀山上发生一些微妙变化：这座山头得以加入梁山的原因有三点，非常现实：一是他们有三千人马，这是水浒故事中初上场山头人马最多的一次（比梁山泊一开始的五七百人马，多出五六倍）；二是他们的首领“混世魔王”樊瑞会道教法术，既有实力又具宗教背景的代表意义（所以由公孙胜收伏）；三是他们不像过去许多山头羡慕而想加入梁山泊，而是摆明了挑战对阵的敌视态度。

芒砀山收降，到卢俊义上山之后，不但山头意识没落，连江湖也变得现实起来。六十六回李逵与宋江呕气，私自下山，误杀了刚投奔朱贵而尚未引见山寨各头领的韩伯龙，就是个人际关系现实冷酷的表现——韩伯龙已经向李逵报了梁山泊名号，只因为彼此不相识而死在李逵板斧之下。李逵杀了韩伯龙之后不久就遇见焦挺，是以实力相见，因为被焦挺连摔两跤打败了，李逵才邀他入伙，而焦挺自报绰号是“没面目”，因为“到处投人不着”——没有人脉关系之故。焦挺引李逵去了另一个山头——鲍旭的枯树山，而碰巧搭救了梁山泊的被俘头领郝思文，有此功劳加上李逵人脉才能上山。

从水浒故事各山头的名称，可以看出作者对于山头意识由起而盛、由盛而衰的安排：开始是少华山，纯洁的史进，因少年义气而结识“少华”之山的盗匪；后来小霸王周通讲义气到了舍得放弃抢婚，所以是“桃花”山；鲁智深、杨志两位优秀军官所投的山就叫“二龙山”，这是山头主义极盛之时，之后就是梁山泊登场了；梁山泊之后是清风山——以一阵清凉之风，形容宋江不疾不徐的经营之道；再后来，在宋江一连串改编、改变体制之后，到水浒故事末尾的山头就叫“枯树山”了，而山头好汉是“丧门神”，牵引的人脉是“没面目”，山头意识到此降到最低，相对的是卢俊义、关胜等正道社会精华的加入梁山泊，宋江完成了呕心沥血的梁山泊改编、改造、改变体制的艰巨工程。

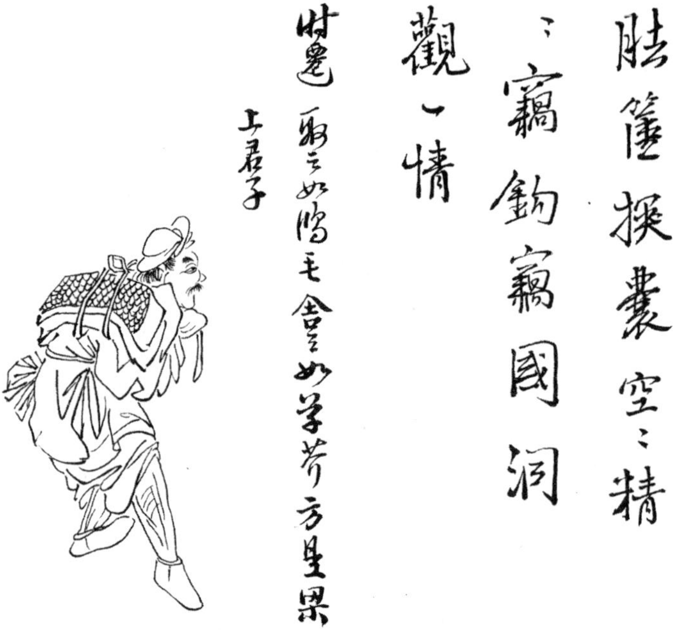

时迁

取之如鸿毛，舍之如草芥，方是梁上君子

胠箧探囊，空空精精。窃钩窃国，洞观一情。

第十章 天罡地煞两榜的组织谋略

宋江完成了梁山泊集团的改造、改变体制的艰巨工程，聚齐了一百零八个头领，最后在七十回本《水浒传》结束之前，又进行两次彻底凝固集团的人事与权力形式编排。先借建醮祈天法会之名，取得石碣天文“三十六天罡、七十二地煞”两榜名单，符合一百零八人；再依一百零八人的权力地位与专业本领，分派有如组成一个革命的军政府，安排各人不同的固定职务。

职务分配形成“微型政府”

人为制造的天罡、地煞两榜的作用，在本书第二章末已说过，是“以天命宗教神权思想再强化集团意识，一方面又以各人的‘星宿’归属来确认其在集团中的地位与象征意义”。

职务分派是任何一个具规模的团体所必须进行的，尤其是梁山泊发展壮大到一百零八人，而分属各种不同的专业本领。最后这一次职务分派，是继前面三次重大改编之后，终结式地往革命交战团体的军政府形式发展的意义。分派的详细内容，各依马军、步军、水军、机密、打探声息、钱粮、监造……以至于公文、印信、医疗、房舍、军器……等专业，形成一个如《水浒传》书中所形容的“休言啸聚山林，真可图王霸业”的军事性的“微型政府”形式。

职务分派的一百零八人名单，与天罡、地煞两榜有互相呼应之处。例如职务分派中的马军分三个作战实力层次（五虎将、八骠骑、十六小彪将），前两层在天罡榜上，后一层在地煞榜；步军两个层次也是如此。可以看出来，这个呼应方式，有借天罡、地煞“天命”意义，强化而牢固职务分派的用意。

天罡、地煞两榜天文，不仅强化牢固职务分派，而且是更大、更深、更远的梁山泊一百零八人彻底永远的融合凝固，具有十分重大的意义与作用。唯有如此，这批来自四面八方、彼此之间充满矛盾甚至曾有仇恨经历（如李逵曾是扈三娘的杀父仇人）的庞杂群体，才能同心一志，在招安之后的四大战功（后五十回《水浒传》）共同英勇作战，打到凋零大半，也不生二心、不萌退却脱离之意。

所以，两榜天文的重大意义，要比最后一次人事职务总派定深远得多。

七十二地煞代表广大下阶层

在天罡、地煞两榜本身名单内容之中，呈现了梁山泊集团权力结构的严谨层次体系。

先看代表江湖阶层与广大平民的“地煞”榜。“神机军师”朱武以一个不起眼的小山头少华山的首领，可以位列地煞榜之首的“地魁星”，这是《水浒传》批评家金圣叹一再称赞的高明安排；因为朱武不但是水浒故事第一个出现的山头盗匪首领，也是第一个以性命表现义气的江湖伦理“开宗明义”者。《水浒传》接着的高明安排，地煞榜紧跟在朱武之后是连续八名军官，而且头两名竟是宋江嫡系力量的黄信与力破祝家庄的登州集团领袖孙立，用来衬托朱武的重要性——也就是江湖义气与山头盗匪集团对于整个梁山泊的重要意义。

突出朱武的重要性，另一个次级安排是他原来在少华山率领的两名盗匪头领——陈达和杨春，分别列位地煞第三十六与三十七名，隐含的意思是：少华山（水浒故事第一个出现的山头）所有头领至少排位在地煞榜半数之前。虽然他们的作战实力是三四流的——排名在陈达、杨春之后，而武艺超过他俩的有七八人之多（如紧接在后的郑天寿与位列六十四、五名的孙新、顾大嫂夫妻）。

八名军官之后，地煞第十名圣手书生萧让、第十一名铁面孔目裴宣的高名次，显示梁山泊革命团体的正规化——重视公文调兵遣将与赏罚严明。

第十二名欧鹏、第十三名邓飞、第十四名燕顺，分别又代表三个盗匪山头（黄门山、饮马川、清风山），合于地煞榜主要性质。欧鹏与杨林竟能排名压在宋江心腹的燕顺之前，是因为他出身军户而三打祝家庄之役是唯一受重伤的重大立功者，而打破祝家庄则是因杨林的人脉关系引来的孙立集团。这显示了战功的重要性可以凌驾人脉渊源，是明显的革命团体的伦理之一。

后面第二十二、第二十三名是王英与扈三娘夫妻档，重要性在妻不在夫。扈三娘排名如此之高（压下四十名，接近梁山泊头领的半数），并且远高过另两名女将（顾大嫂第六十五名、孙二娘第六十七名），原因在她是祝家庄唯一真正被征服吸收的分子，并且是宋江的义妹，她被许配给王英的重大意义，第六章末尾已讨论过。

扈三娘之后紧接着又是两个山头首领：第二十四名的鲍旭、第二十五名的樊瑞。樊瑞的芒砀山人马有三千人，大过鲍旭的枯树山五七百人的五六倍，而竟排在鲍旭后面。是因为芒砀山挑战过梁山泊而被收服，枯树山则直接投奔梁山泊，这是上梁山的资格问题，也属于革命伦理范围。

接下来值得一提的是第三十五名的裁缝侯健，可以排在教他武艺的师父薛永之前十三位之多，原因有两点：一是宋江在江州揭阳镇打无为军，主要靠侯健引路立了功；二是裁缝负责所有旗帜与军服制造职务的重要性。

地煞七十二员后半部——第三十七名杨春之后，就是更次要的人物，其中有两名军官——龚旺与丁得孙，因为是最后上梁山的两人，功劳资历皆无，所以排名较后。宋江的亲兄弟宋清也在这个次要之列，显示了梁山泊革命团体的公平精神。

细数三十六天罡

地煞七十二员之外，天罡三十六员的“贵族院”是如何选拔出来的？其中有精深的权力哲学与严谨的结构搭配。

天罡前四名：宋江、卢俊义、吴用、公孙胜共同组成领导中心，当然没有什么问题。之后紧接着排名的是马军五虎将（关胜、林冲、秦明、呼延灼、花荣），压在第十名的柴进头上（其中有被他救助过的林冲，也比他高四名之多），这是很重要的权力功能的安排。

按地位与人脉渊源，柴进甚至可以排在吴用之前。但是梁山泊集团聚集整齐之后，要往革命团体发展，不能纯讲人情故旧，要看各人本领对革命前途的贡献。宋、卢是正副寨主（而卢俊义是出身大名府河北三绝之一的员外，并不逊于柴进多少），吴用是军师，公孙胜是江湖崇拜的道教大法师，都有职司功能；柴进没有特别专门本领，也没有领导阶层的功能，所以只好排在革命交战最重要的战斗主力领导群五虎将之后。

而柴进之后紧接着李应、朱仝，则三人以地主富户集团的代表，显示了**梁山泊在军官武艺实力集团挂帅（军官在天罡、地煞两榜，都紧接着魁首领导者之后）之外，地主经济实力集团的次重要性。**

李应排名居整个梁山泊第十一名，唯一的原因是：梁山泊打破祝家庄，是由他的“叛变”开始的。其次是地主的财力与武艺在江湖上的声望。

朱仝仅是富户小地主，财力绝难比柴进、李应的几分之一，他的天罡名次地位来自两次私放晁盖、宋江的“义气典型”，以及他对正义分际掌握的执着（本书第四章最后一节“其他零星的梁山泊缔造者”的讨论），也就是他算梁山泊义气伦理的典范人物。

朱仝的义气典范之后，接下来是另两个义气人物：鲁智深与武松。

鲁智深是天下第一义气人物，超越一切人伦的博爱正义。武松是追求个人正义的道德至高完美境界，有归属感的义气。他们两人的义气属于天下所有人，而并不仅属于梁山泊这些“有野心”的或“天可怜见”的边缘人，所以他们两人屈居有“我群意识”义气的朱仝之后。

也因为鲁智深与武松之故，《水浒传》里最“不需要”上梁山泊而最有能力独立存在的，就是二龙山山头。而二龙山成形于晁盖上梁山之前，是《水浒传》作者很高明的暗示：他们的自我独立性与属于天下人的义气，略不同于梁山泊。二人都有佛家僧人身份，更说明了他们自我追寻并且是属于天下人的义气，达到宗教境界。

武松之后又是五位军官：董平、张清、杨志、徐宁、索超。二龙山三好汉鲁智深、武松、杨志本来是一体，如果杨志排在这五军官之首，与鲁、武二人联系起来，非常整齐完美。而为什么要插入董平、张清呢？因为社会地位，这两人是名将。杨志的武艺绝不输这两人。

同样的情况发生在前面的五虎将，梁山泊开山的林冲，理应排在梁山泊所有军官的第一名，为什么屈居关胜之后呢？仍因为名将关胜在朝廷军界的声望。呼延灼高居军官第四名（天罡第八名），也因为他是名将的缘故。杨志后面的徐宁、索超仍是名将。

五虎将另两名秦明与花荣，则因为两大原因居此高位：一是最先一批未受官府压迫就叛变的军官，这是梁山泊“大义”的体现；二是他们两人最早形成宋江嫡系力量，以及最早与山头盗匪合作。

索超之后，天罡的军官集团结束，紧接着就是排名第二十的戴宗。这位“神行太保”位列天罡的原因，除了他是整个梁山泊集团的情报体系首脑之外，本书第九章说过，他又是梁山泊六位领导人物中的最后一位，而三打祝家庄的肇因（杨雄、石秀惹事）与最后成功（杨林、邓飞的人脉孙立集团破祝家庄），都是他的江湖人脉关系。

接下来的刘唐与后面的阮氏三兄弟，都因为是梁山泊“开山”（杀王伦之后）元老，而位列天罡；这四个人也代表了晁盖留下的一点感情。

《水浒传》把晁盖心腹的忠直刘唐，放在宋江心腹的忠直李逵之前，是春秋之笔。但李逵以一个无赖型的狱卒，可以位列天罡，并不完全因为他是宋江的赤胆心腹；而更因为他的“划一主义”对缔造梁山泊有相当贡献（见第四章第四节“关键时刻发生作用的人”）。

李逵之后的史进，是《水浒传》里第一个出现的地主，而为了义气放火烧了庄院，成全第一个山头少华山，所以史进也是义气典范人物。此外，他是所有的《水浒传》读者都心念极深的最完美军官王进的唯一徒弟，以及王进唯一留在水浒故事里的“关系人”，所以史进位列天罡榜。

史进之后的穆弘，以三个理由位居天罡第二十四名：第一仍是地主；第二是宋江嫡系；第三宋江在揭阳镇重组人马打无为军“报仇”而夺晁盖领导权（见本书第九章第四节“江州劫囚、无为军之役与宋江夺梁山领导权”），主要在穆弘的庄上策划指挥。后面这两个理由，也发生在李俊、张横、张顺身上，他们都是宋江嫡系的“揭阳镇三霸”人马，也都对于攻打无为军，有重大功劳。

穆弘之后、李俊之前，县城都头出身的雷横，位列天罡的原因，并非因为与朱仝搭档。雷横前面的穆弘与后面的李俊，原来都有另一搭档被拆散落入地煞之列。雷横不必追随朱仝而位列天罡。雷横的天罡地位，来自整个天罡榜“参议院”权力结构两个隐藏的重要脉络：郓城地缘人脉渊源（他与宋江兄弟、晁盖、吴用、朱仝）、整个梁山泊的胥吏集团（天罡榜上还有宋江、朱仝、戴宗、李逵、杨雄，甚至短期做过都头的武松都可算在内）。

李俊、张横、张顺三人的排名，分别紧插在阮小二、阮小五、阮小七三人的前面，一方面把三阮隔开，一方面以这批江州水军来压在梁山泊元老水军的头上，以表示宋江对晁盖的夺权——夺权关键的无为军战役，江州水军又有功劳。

剩下后面五名，先谈最后一名燕青，因为忠（广义的义气）于卢俊义而可以位列天罡榜尾，这是萨孟武教授的《水浒传与中国社会》一书之中早就分析过了的。另一个原因是，一百二十回本《水浒传》的后五十回，燕青的戏分很多、很重，几乎成了“主角”。

燕青之前，三阮之后的杨雄、石秀、解珍、解宝这四人，位居天罡的理由最奇特复杂。主要的原因，当然是三打祝家庄由杨雄、石秀而起，最后破了祝家庄则因解珍、解宝被冤狱引来孙立集团加入战阵。而打破祝家庄，对于梁山泊成长壮大发展史，居于决定性的关键转捩阶段，本书前面曾七度分析讨论过，这里再谈一下此役在天罡榜上的意义。

破祝家庄是登州的孙立集团。这批八人小集团之中，形象、资格够做代表的，也只有首领孙立与解氏兄弟二人。孙立有一流的武艺，又是州级军官，而且为了救表兄弟解珍、解宝的冤狱，牺牲自己的官位前途，两度冒着生命危险叛变并打祝家庄，这个义气层次很高了，同时又是一个“成分很足”的八人集团的首领，为何不能列位天罡，而换成卑微猎户出身的解珍、解宝?

因为孙立破祝家庄使用“第五纵队”毒计，出卖而杀了同门师兄栾廷玉，使得孙立的义气有了污点，所以宋江、吴用、公孙胜设计天罡名单时，把他换成二解。作为破祝家庄有大功劳的孙立集团的代表，解氏兄弟导致孙立集团叛投梁山的原因，正是林冲以来上梁山的共同原因——冤狱。这是“逼上梁山”基本号召。

而杨雄、石秀两人不能拆档必须并列天罡的原因，在于破祝家庄的功劳，两人不分高下，联系梁山泊戴宗的人脉，以及打祝家庄先勇敢地化妆探庄的，都是石秀；而偷鸡引起祝家庄冲突的时迁，以及破祝家庄一开始分化三家联防的杜兴（李应的管家），又都是杨雄的人脉。最关键的，其实是以晁盖曾在两人初投梁山时要杀他们，使戴宗说出“绝了贤路”这样的重话。所以杨雄、石秀列位天罡，还有贬抑晁盖的意思，这是宋江的权术。

军官与地主的精英取向

天罡榜名单的分析，可以看出“贵族院”的精神之所在：

三十六员没有一个是山头盗匪出身，主要的是十名军官（鲁智深除外）与七名地主（宋江、卢俊义都在内），合计占了将近半数构成的集团。可见是个社会才俊取向的名单。

卢俊义既是大地主，也是社会才俊，又有极高名声（河北三绝之一）——如同军官中的名将一样，所以他能够当上副寨主。而他与十名军官之中的七名，都是被梁山泊设计裹胁上山，是“梁山逼上”而非“逼上梁山”。

这几件事综合起来，显出了一个重要的人类社会的政治悲剧宿命：当统治者无道而腐败之极时，社会基层激起的广大革命力量，可以从正道社会之中强力攫取他们革命所需要的精英分子，以及所伴随人才的价值体系。也就是本书开头第一章所说的：“捭阖”过程中，敌我情势辩证转换的问题。

天罡榜的五元结构体系

此外，天罡榜还透露了两组重大脉络意义：一组是郓城地缘集团，加上胥吏集团，这两个集团以身份重叠的方式隐藏在背后（如宋江既是地主，也是胥吏，又是郓城人士）；另一组是破祝家庄的有功者，与江州打无为军的有功者，都位列天罡，而牵涉到宋、晁夺权的复杂关系。

这两组四方面的脉络，与天罡榜由社会才俊的地主与军官构成其主要部分比较起来，后者是客观情势，前者是主观意志。**地主与军官是可以造反、革命与可以被裹胁者，是革命情势的客体，而地缘集团与胥吏集团，则是革命的主观的策动者。**

主观的策动者就会有内部的权力改组问题，所以宋江打无为军之役，在梁山泊成长史上相当重要，也就在天罡榜上留下强烈的痕迹。无为军之役，是胥吏（宋江、戴宗、李逵）大叛变的正式宣战。

至于三打祝家庄之役，可说是主客观情势糅合在一起的辩证式发展。一方面祝家庄是革命情势中的客观存在事实，主观立场在梁山泊是否企图攻打它；一方面梁山泊打破了祝家庄，既促使本身体制的剧烈改变，又造成此后革命发展路线的重大变化。所以三打祝家庄，也在天罡榜上划下了刻痕。

石碣天文两榜，以数字较大的地煞七十二员，满足了广大江湖与下阶层分子的心理归属与乌托邦的向往。而天罡三十六员领导层次的严谨权力体系，可以分析归纳为五元结构：第一是军官与地主形成的物质力量主体；第二是“替天行道”与义气伦理；第三是梁山泊集团成长、壮大、演进的重大关键过程（打无为军与破祝家庄）；第四是背后脉络的胥吏集团与郓城地缘集团的反抗潜伏企图；第五是“水浒”精神所依托的“水泊”。

五元结构落实在三十六员身上，其中第一、三、四元都由两个“次元”合构，则实际是八个元素，再加上领导层、小梁山泊与二龙山两集团的重叠于其中，形成共计十一个人脉分配的结构关系，在后面的“附表二”中以图形说明。

附表二 三十六天罡榜的权力结构体系

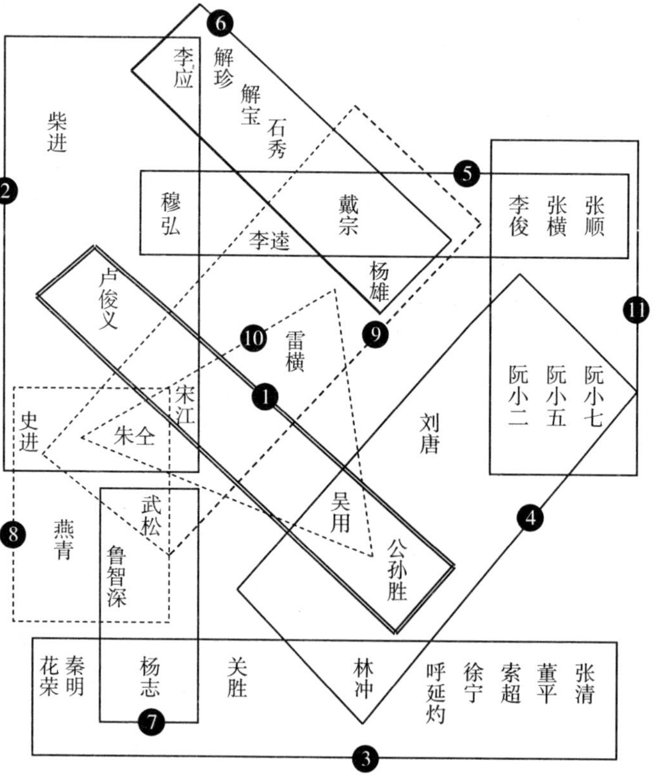

说明：

❶ 领导者　❷ 地主集团

❸ 军官集团　❹ 小梁山泊

❺ 无为军之役　❻ 祝家庄之役

❼ 二龙山　❽ 义气典范

❾ 胥吏集团　❿ 郓城地缘

⓫ 水泊

“水浒”精神在阮氏三兄弟

第五个结构元素“水泊”，需要作一点最后的补充说明。

天罡三十六员之中，水军有六人之多，占了全体的六分之一，人数仅次于地主，而与胥吏集团、郓城地缘集团相当，但其性质是外显的（不像胥吏、郓城两集团是隐藏性的）。而且水军六人成分单纯，仅来自两个水域，其中五人来自两个家庭的亲兄弟，不像军官十人可分析出八九种出身派系，地主更是一人一庄园各有特性。水军六人，除李俊一人心细有头脑、有修养之外，其他两家五兄弟都率直粗鲁无文。同一类型的人物占五人之多，对于精挑细选出来的三十六天罡，似乎是一种在名额上的浪费——这在权力结构的名单上是不可能发生的事。《水浒传》作者，当然另有其隐喻用意。

进一步观察分析，水军之中两个家庭之一的张氏两兄弟之中，张横的心狠手辣与其梢公职业比黑店还阴毒，应该没有理由进入天罡榜。但是为了要凑出宋江嫡系三位水军头领，压下晁盖系的阮氏三雄，只好由无为军之役有功的李俊搭配二张，上了天罡榜。

另一方面，天罡榜从李俊以下连续六名水军都是出身贫贱者，跳过一个狱吏出身的杨雄之后，是打柴出身的石秀与猎户解珍、解宝兄弟，可以说在榜尾连排名九位出身穷苦的下阶层分子。九人占了天罡榜四分之一，分量很重，而仅次于军官的十人，高于地主的七人。**以军官、地主合计十七人占了近天罡半数的才俊取向而言，下阶层分子占九人达四分之一，可说是一个平**

衡作用。下阶层分子不如才俊本身是被争取的对象，而须以战功晋身（无为军与祝家庄两役），这既是革命伦理，又是贫困阶层的荣耀。

而水军以一李二张压在三阮头上，却压不下他们另一种高贵——阮氏三兄弟为何不能拆散，而要一齐列位天罡榜？**梁山泊一百零八人之中，有许多成双配对的师徒、袍泽、搭档同僚、夫妻、亲兄弟，都是两人相配，为何唯一安排了阮氏兄弟是三人？**

因为这三个赤贫徒手捕鱼为业的憨直小老百姓，他们简陋的住家与辛苦的衣食饭碗来源的所在，本来就在梁山泊水边（“水浒”），梁山泊本来是属于他们的！这是《水浒传》天罡榜的画龙点睛之笔，千言万语尽在其中。

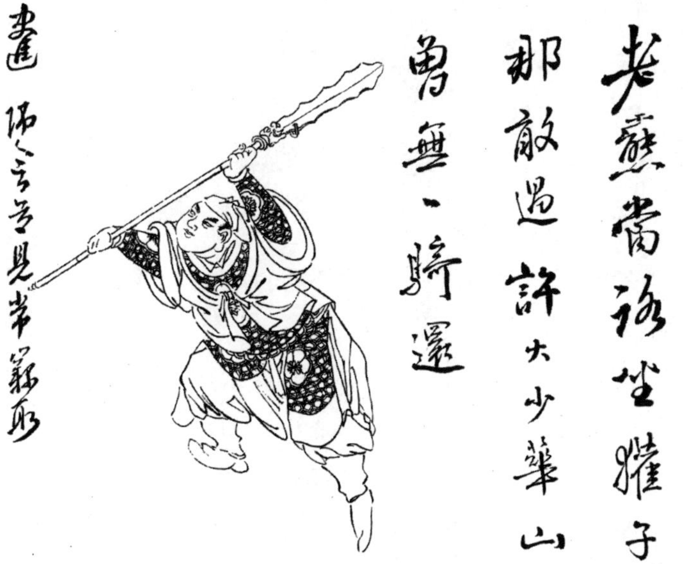

史进

狩人之图，见常窃取

老罴当路坐，獾子那敢过。许大少华山，曾无一骑还。

第十一章
组织谋略与捭阖术的基本原理

前面十章，从不同的观点、不同的角度、不同的分析方法，归纳、探索出梁山泊集团形成、成长、发展、壮大、蜕变的阶段性变化过程，与内在脉络性变化的肌理。在官逼民反、江湖义气、替天行道这些传统性的看法之外，找出更深入的真相。如晁盖、宋江之间不断发生的矛盾与夺权斗争；吴用、戴宗次级领导人物对于缔造梁山泊的卓越贡献；三打祝家庄对于梁山泊体制改变的影响；卢俊义上山的重大意义与梁山泊改造的完成……

在各个事件、各个阶段、各个脉络、各种人物、各种模式的对梁山泊分析之后，可以作一个总结式的归纳，找出其复杂变化之下的某种基本法则，也就是组织谋略与捭阖术的基本原理。

第一条原理：修“德”

本书第一章提出“捭阖”这个概念时，把它的谋略放“纵横”之上。以一般对于“纵横”二字通常采取负面道德评价而言，则“捭阖”有可能被误解为更大的负面道德评价。这里先作一个前提性的澄清。

“众人之事”的最根本性质，是一个“势”字。势的本质一直被误解为数量或力量的情况与变化问题，而不大去深入了解数量、力量的情况是如何形成的？又是如何发生变化的？这要从“众人”看起。**“人者，心之器也”，一群人，它形成数量、力量以及发生变化都是出自这一群人的心理状况**，所谓“众志成城”、“同仇敌忾”、“莫衷一是”、“众叛亲离”、“上下一心”……等等，都是众人的心理状况。而众人的心理状况，千万变化之中其实只有一个基本事实：**公理自在人心**。也就是“势”是由“理”所决定的，合理者可成势，不合理者不能成势。而捭阖主要是依势、趁势的捭与阖，则其出发点与终极目的都要合于公理。捭阖术的第一个基本原理，是有德者居之。

《论语》里，孔子曾说“为政以德，譬如北辰，居其所而众星共之。”有德者，他先天就能“以德”而“居其所”，就像北极星（北辰）挂在天边的定位一样。

这也就是吴用、戴宗这些辛苦缔造梁山泊，并且有一流才能的人，而终究逊于晁盖、宋江、柴进、卢俊义的原因——吴、戴两人的类型，在道德方面赶不上四大豪杰的受人尊敬。

晁、宋、柴、卢四人，都有或多或少的在道德方面的过人之处，而四人可以分析归纳为三类型：晁、柴是野心型，卢俊义是正道型，宋江是全面型。晁盖、柴进对于江湖人物、亡命者、囚徒的照顾与接待、收容，确实达到义气感人的地步，但他两人的做法明显地有蓄积不为社会所容者的力量的嫌疑，所以是野心型。卢俊义对燕青的收容、对李固的提拔，都不愧为“北京第一长者”的风范。而在第一次被吴用骗上山时，再三不肯落草，对于宋江等的指斥、数落，把正道道德发挥到了极致。**这也造成宋江非邀他上山不可，唯有把卢俊义的正道道德带上山，才能使众头领对于宋江的接受招安政策信服。**宋江既有晁、柴式的野心，又有卢的忠于国家，所以是全面型的。

而四人在领导位置上的高下，仍是由道德来决定：晁盖后来一再暴露其“德衰”，终于被淘汰出局；柴进自限于小格局之内，所以只能上山掌管钱粮；卢俊义原来在正道社会的精华分子地位所拥有正道道德，被宋江用来驾驭众好汉，所以可以当副寨主；宋江的“及时雨”绰号当初就暗示了他的全面性，后来缔造、经营梁山泊的苦心、手腕、奋进，再一次证明了他是唯一的真正领袖。

第二条原理：“力”与“势”的辩证关系

四位领袖有一个共同的特征，是吴用、戴宗所缺少的，就是以雄厚的经济力量为后盾，这是财力。吴用、戴宗有的是智力。众好汉的武艺与专门本领是能力。这三种“力量”之中的任何一种，与两个以上的人发生关系，就形成“势”。“力”与“势”之间有辩证性的关系存在，就是质变会造成量变、量变会造成质变。

晁盖集团上梁山，新增七位头领加上原来五位，这是量变，结果造成王伦被杀的质变，变化之中，晁盖集团的财力、吴用的智力、林冲的武艺，就是力量因素。王伦被杀之后，梁山泊性质改变，就引来宋江推荐清风山、清风寨人马上山，又形成量变；

这个情况伏下了晁盖、吴用、宋江三人的权力斗争，又形成质变……如此不断循环下去，直到大批军官上山，在量变之下形成质变（梁山泊体制蜕变），质变再引起量变——战争规模不断扩大、等级持续升高。

较小的情况：第五回“九纹龙”史进在赤松林遇鲁智深，二人合力再去战两个道人，是量变，而产生质变杀了两道人。第二十七回武松助施恩打蒋门神是量变，夺回快活林是质变。第六十一回李固要收买蔡福谋害卢俊义，出价一百两黄金，蔡福以卢员外身份不凡，索价五百两，这是质变形成量变；晚上回到家中，柴进又送来一千两黄金要救卢俊义，蔡福又改变主意，这是量变造成质变。

较复杂的情况：宋江打祝家庄开始时不利，四头领被俘，这是量变造成质变，之后吴用率孙立集团用“第五纵队”间谍战术，使大批人马混入祝家庄，是质变（改变战术）之中含有量变（祝家庄人马表面增加），而再形成质变（战争性质与双方对立情势）而导致量变——祝家庄被打破。

质变与量变之间就是一捭一阖的关键。这种变化关系又形成“势”的三个特性：一、虚实性。虚中有实，实中有虚，质、量互易，变化万端；二、运动性。质、量之变，虚、实交递，不断演变下去；三、涵化性。一捭一阖与质变、量变之间，解决一些问题、消化一些矛盾冲突。虚实性，可以用来观察分析“势”的真相，如晁、宋之间权力、地位矛盾的虚、实互映情况。运动性，可以用来观察分析“势”的阶段发展与长期演变的轨迹，梁山泊集团成长蜕变就是个极佳的例子。涵化性，可以用来观察分析“势”的内在因素易位的微妙情况，梁山泊各种出身形成的次级集团（盗匪集团、军官集团、小偷集团、水军集团……）之间地位的移动，就是这种情形，在表面无事而暗中不断滋生矛盾又不断消弭化解掉，就是涵化的过程作用。

第三条原理：“机”之掌握

势的虚实性是它的显性，涵化性是它的隐性，显、隐之间的分际就是脉络所在，就是“机”。这是静态观察分析的“机”，是组织性、连缀性的，也就是空间性的“机”。质变与量变交互前进所形成的运动性，是“势”的根本性——只要是“势”就会持续地转变下去。这个根本的运动性，质、量之变互易之间，也有一种“机”存在，这是动态分析的“时机”，是关键性、时间性的“机”。**空间性的“机”与时间性的“机”互会起来，玄机就在其中**——同时掌握时、空之“机”无比困难，而一旦掌握住了，运作起来妙用无穷，所以称为“玄机”。

水浒故事之中，有几个典型的玄机蕴藏捭阖原理。第三十四回宋江带着清风山、清风寨、对影山人马要上梁山，中途遇石勇带来报父死讯的假信而脱队独行，这是一个玄机。一方面化解了上山之后会立即形成的晁、宋两系人马的矛盾（宋不上山，花荣等人即使再不服晁，也会因念及宋的情面而隐忍，过一段时间就涵化了）；一方面保持了不轻易上山而在江湖上继续发展性，形成未来继续扩大对晁之矛盾（量变）或变形而化解它（质变）的高度弹性。这是一大捭阖，造成晁盖在“势”中寻找不到目标，而宋很清楚目标所在，却能脱身于局面之外来掌握住“势”。

第四十回宋江打无为军，本书在第九章已详细分析过，其夺权过程无比奥妙。此事堪称水浒故事中精彩绝伦的第一玄机，因为，从此之后，宋江就依此模式发展下去：每遇到重大事故就抢先或横夺晁盖的指挥发言权，而亲自率军作战，不断累积战果功劳、人脉关系与情势变化，而持续性地侵蚀晁盖的寨主地位。

三打祝家庄的过程之中，吴用下山前去支援宋江时，遇到孙立集团来投奔梁山、献计立功，当“机”立断教他们暂勿上山，直接随他前往祝家庄战场，破敌之后再同返梁山泊。这个玄机有三层：戎机瞬息必争，是表象最浅的一层。深一层的玄机是宋江在江州坐牢时，吴用设复式计谋害他未成，结果宋带回揭阳三霸大批人马返山寨夺权，既不拆穿前此吴的毒计，又以天书招降。吴用投宋需有两个考虑：一是不可有背叛晁盖之嫌，这在祝家庄战役之导因时晁盖要杀杨雄、石秀而失去众人之心，已经做到了；二是要对宋有一番大贡献，而破祝家庄是最佳机会。更深一层的玄机是孙立集团如果先上山拜了晁盖，再由吴领去助宋，就是晁领导之下的山寨助宋破祝家庄，则这场大战役只有量变而未形成梁山权力结构的质变；吴用阻止孙立集团先上梁山，而直接助宋打破祝家庄再一同返山，不但形成宋江、孙立集团之间在战场上生死与共的袍泽主从关系，也形成破祝完全是宋江个人的大功劳，以及宋江可以在山下另立领导体系的重大意义——玄机在此。而吴设计“宋江可以在山下另立领导体系”这个构想灵感，得自宋江打无为军时的“撇开晁盖另立领导体系”的经验模式，如此对宋江表态，就可彻底获得宋的信赖了。

三打祝家庄在《水浒传》中的重要性，除了本书前面八次分析的各种重大意义之外，就是它实在为梁山泊成长之中的最大玄机，两件无比重大的事在此一战役之中同时解决；晁、宋、吴之间的三角矛盾与领导体系问题的解决；**梁山泊成长过程所形成的两种伦理体系（清风山盗匪伦理与清风寨军官的家庭伦理）的矛盾冲突，在孙立集团兼顾家族与江湖伦理（包含邹渊、邹闰两个盗匪头领）的上山模式中获得解决**。这是极为复杂、多元多位、层次严密的大捭大阖的超级组织谋略，成功得自一个“机”字。

天人合一、心物并用、矛盾统一

三条基本原理之后，组织谋略、捭阖哲理的精要已说明清楚。再作全书的结论。

捭阖以“德”出发，是心术要正，以“力”与“势”为手段是物之效用，合起来就是“心物并用”。只知物而不用心，物的效用不能发挥，只知攻心而不能用物，就像王伦横死于先、晁盖抑殁于后，是作茧自缚。心物并用，又要从个人扩大到群体，每一个人其实都各有其心性、各有其物欲。如何满足众人的物欲，整齐其心性，就是组织谋略上的统御领导哲学。

统御领导与组织谋略，面对众人的心、物两元现象，既不能逐一满足群体每一个人的心性与物欲，又不能顾此失彼而无法团结凝聚，于是必须求一个可以服众或使众人归心的“公”理。如何使群体的每一分子，愿意牺牲或委屈属于小我私利那一部分的心性、物欲，而奉献、顺从整体公众的意志。这其中具有在层次意义上的两个现象：一是在上位的领导者要有容能纳，并且毫无私心、个人权利欲；二是在下层的众人愿意牺牲一部分心性、物欲，必须取得交换另一部分的物欲满足，以及最重要的另一部分的心性——归属感的满足。

而所谓的“公”理与归属感，又有两个意义层次：对内与对外的分际。如果一个群体只做到对内的“公”或内部的归属感，那只是桃花山盗匪周通、李忠的“我与你同生同死”、清风山之盗匪的齐心协力而已。晁盖的失败，就在于他只能做到对内的“公”与归属感。这种自划式的群体观，实际在内涵上已经失去了包容性、接纳性。**所谓“公”，应该把天下为公当成目标；归属感，要朝天下归心去努力。**

在现实冷酷的权力斗争而言，当两个群体相遇而形成矛盾时，能表现大公的群体，就可以使另一群体内部的“公”与归属感产生质变而瓦解它。**任何一个群体要保持内部的凝聚力，最重要的原则是保持外部没有可以诱使成员脱离的因素存在**；但这件事十分困难，任何较小的群体都很难抗拒较大的群体诱捕其成员的压力。宋江采取的方式，是古往今来一切革命豪杰的不二法门，**以不断地战斗，阻止外部诱因进人内部**；以不断地战斗，对于外部攫取资源来增加内部优势（尤其是新成员加入之后在体制上的变化）。而这种以小搏大的不断战斗，在力量的对比上本来为不可能之事，其所以竟变为可能，就是另一种质变量变的问题。外部的大群体、大环境失去“公”理，人群没有归属感，在另一种判断上，它不再大反而变“小”了。这就是革命兵学上最著名的“战术上以寡击众，战略上以多胜少”的原理。

公意发挥到极致而能招纳所有的人心，就是天人合一的境地。这时的领导者，是没有丝毫私念的。

外部的大环境、大群体何以失去“公”理、失去人心，就是水浒故事强调的“官逼民反”，金圣叹所叹息的“朝廷之才调……尽入水泊，谁之过也”？也就是在旧的秩序、原有的社会情况，产生了矛盾。这个矛盾，就是黑暗、无能、腐败、不公、受屈、受辱、受压迫践踏……而形成解体现象。革命团体就是一种新的、光明的、进取的、振作的力量，以大公、申冤、泄愤、打不平……来号召才俊之士，进行社会改组的大工程，最后能铲除恶势力，恢复公平、公正，使才俊之士，恢复为国家所用、在疆场施展，达到重新的统一。这就是矛盾统一，由正到反，由反到合的辩证法则。

研究探讨组织谋略，要把握天人合一、心物并用、矛盾统一的三大体系，才可以免于落入纯权术斗争或纯科学式管理。因为组织、群体、众人的最根本因子是“人”，人不可能纯权术处理，也不可能纯科学处理。人有心性、有物欲，必须心、物合一才能真正融合，而由小至大达到天人合一的极致才是真正的成功。这一切的背后根本哲理，也是捭阖哲学的基础，是矛盾统一。从这个意义上看，《水浒传》可以作为一本社会哲学的最佳经典。

后 记

本书初版是一九九八年台湾远流出版公司“实用历史”书系的繁体字版本。二○○三年再版，是上海的上海书店出版社的简体字版本。现在又隔了近十年，北京中华书局简体字版本，可算是第三版。

最初的台湾远流版，落笔时受一九八○年代全球社会政治思潮余绪影响，略偏向“革命”观点（所以采用金圣叹删节的七十回通行本《水浒》，而不论后四十九回招安征四寇故事），书中有些微左倾乌托邦式夸张文字，在上海书店出版社简体字版中被删掉了，在此郑重致谢。

上海书店出版社删改左倾文字的同时，又把前言之中有关蒙古北元的文字，改成“整个明朝两百七十多年仍以正统标榜的蒙古（北元）”，历史事实上“北元”只有三十四年（明朝建文四年，一四○二年，鬼力赤自去元朝国号，从此改称“鞑靼”），这是个不应由笔者负责的微小错误，现在改回远流版原来文字。

而当初远流版，为迎合台湾当时出版界的管理丛书潮流以及远流“实用历史”书系，插入了几段有关现代管理文明与公司商战的说法，使本书有时被误归为商战管理类，现在全部删除。

书名上的“谋略”二字，当初也是为了迎合书市的谋略丛书潮流，现在却不好修改了。因为实际上，本书的内容立论尽力避开过去评《水浒》惯用的义气观、个人英雄好汉典型论的观点，改采现代社会学的群体类型分析归纳论，剖析梁山泊一百零八人极其复杂的发展组成脉络，免不了突出论述宋江（与柴进、吴用、戴宗）等领导精英的权谋。

避开唯义气论，在研究方法秉持客观立场之外，还有主观的对义气本身的透视问题。首先是对被高度期许的义气道德的严格考察，梁山一百零八人真正符合“侠义”的仅鲁智深一人而已，其他人都是具有强烈的“我群”意识，仅止于梁山“内部团结”的兄弟义气（义气高尚典范的史进、朱仝、李俊、燕青……都是如此），连林冲、杨志、武松等都是为了求得自我的高尚，而并未深涉侠、义（武松被施恩收买为黑道打手，根本就是伪义气）。其次是对李逵滥杀与人肉包子店这两种血腥江湖黑暗世界，如何与好汉义气区隔同时又并存的问题（这是《水浒》探索的难题之一）。第三就是李卓吾、王望如、袁无涯、金圣叹等人以来的“忠义论”，所讨论的“义”与“忠”的关系问题。

“忠义论”其实可以包纳涵盖上述的前两点难题，用另一句简单的话说，就是：畸零漂泊失落的优异人才，最终的归宿与国家的关系。“组织谋略”论，尝试去解析这一大群来自天涯各方、身怀各种绝技的江湖漂泊人才，如何汇聚而联结为坚固的一体。这绝非现代文明十分表象的管理商战论所可以尽言的。就像现代建筑物之中的钢筋之于水泥，出身各异、派系复杂的梁山一百零八好汉之间，另有其奇特的伦理结构。

梁山泊奇特的伦理结构，其中相当重要的是一次具有深厚内蕴的事件，是本书八次论析而特别强调的“宋江三打祝家庄”：以顾大嫂为中心的登州孙立集团的叛逃来归（因此打破了实力原本超过梁山的祝家庄），把家庭伦理凌驾于江湖伦理之上，并且为后期成批优秀军官落草梁山时都携家眷的惯例，作了相当强势的预先铺陈。

当梁山泊家庭化、携家眷的落草军官主体化之后，梁山泊不再是寻常草寇之后，革命或受招安，才可能有深沉的国家伦理意义，才可能从中探究忠义思想的神髓。

最后要感谢台湾远流出版公司的游奇惠副总编辑、上海书店出版社的金良年总编辑、北京中华书局编辑部以及启蒙编译所的汪宇先生的引介，使本书三度问世海峡两岸。

王北固

二〇一二年六月九日